T0283044

# La comida de los recuerdos

# La comida de los recuerdos

YUTA TAKAHASHI

Traducción de Vanesa Robles

Ǫ Plata

Argentina – Chile – Colombia – España
Estados Unidos – México – Perú – Uruguay

Título original: *CHIBINEKOTEI NO OMOIDEGOHAN: Kuroneko to Hatsukoi Sandwich*
Editor original: Kobunsha Co., Ltd., Tokyo.
Traducción: Vanesa Robles

1.ª edición: agosto 2024

Reservados todos los derechos. Queda rigurosamente prohibida,
sin la autorización escrita de los titulares del *copyright*, bajo las
sanciones establecidas en las leyes, la reproducción parcial o total
de esta obra por cualquier medio o procedimiento, incluidos la
reprografía y el tratamiento informático, así como la distribución
de ejemplares mediante alquiler o préstamo público.

Copyright © 2020 Yuta Takahashi
Spanish language translation rights arranged with Kobunsha Co., Ltd. through
The English Agency (Japan) Ltd. and New River Literary Ltd.
All Rights Reserved
© de la traducción, 2024 *by* Vanesa Robles
© 2024 *by* Urano World Spain, S.A.U.
Plaza de los Reyes Magos, 8, piso 1.º C y D – 28007 Madrid
www.letrasdeplata.com

ISBN: 978-84-92919-59-8
E-ISBN: 978-84-10159-10-5
Depósito legal: M-14.905-2024

Fotocomposición: Urano World Spain, S.A.U.
Impreso por: Rodesa, S.A. – Polígono Industrial San Miguel
Parcelas E7-E8 – 31132 Villatuerta (Navarra)

Impreso en España – *Printed in Spain*

# EL GATO CON MANCHAS MARRONES Y EL GUISO DE *AINAME*

# AINAME

≡ ◆ ≡

Bacalao japonés de alta calidad, de sabor suave y delicado, que se pesca en las costas y arrecifes de todo el
país. En Uchibo, región situada en la prefectura de Chiba, su temporada comienza en verano y dura hasta el
invierno. Este pescado puede disfrutarse de diversas
maneras: en *sashimi* con la piel dorada al fuego, asado
y aderezado con hojas de *shisho,* guisado, etcétera.

Gaviotas colinegras sobrevolaban el mar.

Ya había visto esas aves en enciclopedias y por la televisión, pero era la primera vez que las veía en persona. Sus graznidos se parecen a los maullidos de los gatos. De algún lugar llegaban unos cantos con entonación triste, que recordaban a los maullidos lastimeros de un gato perdido.

Kotoko Niki, que iba a cumplir veinte años, estaba en un pueblo costero de Uchibo. Bajo el cielo azul, próximo a la playa, había un caminito de caracolas blancas en vez de asfalto. Si las indicaciones que le habían dado por teléfono eran correctas, debía seguir todo recto por el camino de caracolas marinas hasta llegar al Chibineko, un restaurante junto al mar. La playa estaba desierta, tal vez porque aún eran las nueve de la mañana; pero tampoco había sentido la presencia de gente mientras llegaba allí. A diferencia de Tokio, donde vivía Kotoko, este parecía ser un pueblo muy tranquilo.

—Un pueblo costero…

Después de murmurar esas palabras, se quedó observando un momento las gaviotas y la arena, y empezó a caminar por el caminito blanco. El sonido de sus pisadas sobre las caracolas perturbaba el silencio. Se sentía como si estuviera esparciendo ruido en la quietud del pueblo.

Aunque ya era mediados de octubre, el otoño seguía sin llegar. El clima estival persistía y del despejado cielo azul caían los rayos del sol con fuerza. Se alegró de no haberse dejado llevar por la pereza y traerse un sombrero de ala ancha que la protegía de la luz solar. Llevaba puesto un vestido blanco con el sombrero del mismo color. A Kotoko, de piel pálida y melena larga, le quedaba bien ese atuendo pulcro que rozaba lo anticuado.

«Pareces una señora del siglo pasado».

Siempre le decía eso para tomarle el pelo. Eran las palabras de su hermano Yuito, dos años mayor que ella. Solo ese recuerdo le bastaba para estar al borde de las lágrimas.

Pero que se burlara de ella no era lo que la entristecía. Lloraba porque su hermano había muerto.

Ya no estaba en este mundo.

Había fallecido hacía tres meses.

Había muerto por culpa de Kotoko.

Ocurrió al atardecer de un día de las vacaciones de verano de la universidad. Kotoko había ido a una librería. Se había publicado un nuevo libro de un escritor del que era seguidora, así que pensó en comprarlo en la librería grande que había frente a la estación.

Aunque era más cómodo comprar libros por internet, le apenaba que cada vez más librerías cerraran sus puertas, por lo que decidió ir a comprar a librerías físicas siempre que pudiera.

—Voy a la librería, no tardo.

Informó a sus padres y salió de casa. El libro que buscaba estaba allí apilado. Parecía que se estaba vendiendo bien. Lo compró y se marchó de la librería.

Eran las seis de la tarde pasadas y el crepúsculo la deslumbraba. Entrecerró los ojos y, cuando dirigió la vista a la estación de manera instintiva, vio a su hermano caminando.

—¡Yuito! —lo llamó.

—Ah, hola, Kotoko —respondió él.

Fue una coincidencia que se encontraran, pero tanto la estación como la librería estaban cerca de su casa, a poco más de diez minutos a pie. Era la hora a la que solían volver a casa para cenar. No era tan extraño ni casual que se hubieran encontrado en ese momento; de hecho, ya habían coincidido allí antes. Por eso se hablaron sin inmutarse, como si fuera lo más natural del mundo haberse encontrado.

—¿Vuelves a casa?

—Sí.

No se dijeron nada más y empezaron a caminar juntos. Después siguieron andando callados. Incluso entre hermanos que tienen una buena relación, no siempre hay cosas que decirse; tampoco es necesario forzar la conversación.

Kotoko pensaba en la novela que acababa de comprarse. Estaba impaciente por llegar a casa y ponerse a leer. Daba por sentados los momentos de paz. No pensó en ningún momento en su hermano.

Caminaron así cinco minutos y se detuvieron frente a un semáforo. Era un cruce estrecho y muy concurrido por estar de camino a la estación.

No tenía un mal presentimiento, tan solo se detuvo allí en silencio. Ni siquiera miró a su hermano. No sabía qué expresión tenía mientras esperaban frente al semáforo.

No tuvieron que esperar mucho a que el semáforo cambiara de color. Kotoko echó a andar. Siguió sin mirar a su hermano.

Había cruzado más de la mitad del paso de peatones, cuando oyó el sonido de un motor que se acercaba. De repente lo vio: un coche corría a gran velocidad hacia ella.

¡Iba a atropellarla!

A pesar de sentir el peligro, su cuerpo se puso rígido y no podía huir. Estaba aterrorizada. El miedo le paralizó las piernas. La visión se le nubló por el horror.

Sucedió en un segundo. Sintió un golpe fuerte en la espalda. Por un momento pensó que la había golpeado el coche, pero el impacto fue distinto. Comprendió que alguien la había empujado.

El cuerpo de Kotoko rodó a la acera de enfrente. Se raspó las rodillas y se dio un golpe en el codo, pero se salvó del atropello.

No entendía qué había pasado.

Ojalá todo hubiera quedado en un susto. Quería seguir sin ver nada, sin enterarse de lo que había ocurrido.

Se giró en la acera y lo vio todo en ese instante. Hubiera sido mejor que cerrara los ojos, pero lo vio perfectamente.

Quien la había empujado... quien la había salvado era su hermano. Había empujado a Kotoko con todas sus fuerzas justo antes de que lo atropellara el coche.

—¿Por qué...?

Pero sus susurros no alcanzaron a nadie.

Kotoko se había salvado, pero su hermano no había podido esquivarlo. El coche que irrumpió en el paso de peatones lo embistió y lo lanzó por los aires, y su cuerpo rodó como una marioneta a la que le hubieran cortado los hilos.

Luego dejó de moverse. Había caído en una postura antinatural, como si se hubiera quedado plegado, y permaneció inmóvil.

Los cláxones resonaban con estridencia y alguien gritó.

Numerosas voces se entremezclaban.

—¡Que alguien llame a una ambulancia!

—¡Hay que llamar a la policía!

—Oye, ¿estás bien?

La última pregunta iba dirigida a Kotoko, pero no pudo responder. Era incapaz de pensar ni de hablar.

Sin poder contestar a nada, se quedó mirando el cuerpo inerte de su hermano. Creyó haber murmurado su nombre.

Se oían las sirenas de la ambulancia y de los coches de policía.

Para cuando llegó la ambulancia, su hermano ya había muerto.

Kotoko caminaba por el sendero cubierto de caracolas, incapaz de contener las lágrimas. El paisaje ante ella se difuminaba.

Había llorado cada día desde la muerte de su hermano, pero no quería llorar en un lugar así. Se avergonzaría si entraba en el restaurante con los ojos hinchados.

Se detuvo un momento para intentar contener las lágrimas y miró el cielo. Era de un azul inconmensurable y le daba la impresión de que iba a absorberla solo por contemplarlo.

Logró tranquilizarse un poco. Miró su reloj de pulsera. Ya casi era la hora de la reserva. Debía apresurarse a llegar al restaurante Chibineko.

Se recompuso y caminó de nuevo. De pronto sopló la brisa marina. Como el tiempo era apacible, se vio sorprendida por el fuerte viento que soplaba en la playa y que le arrebató su sombrero.

—¿Y ahora qué hago?

Alzó la voz sin pensarlo. Su sombrero volaba por el cielo y se dirigía a la playa. Si seguía así, iba a caer al mar.

No sabía qué hacer, pero, si no iba tras él, tendría que resignarse a perderlo. Era su sombrero favorito, así que no podía rendirse. Echó a correr detrás de él, aunque nunca había sido muy veloz.

Apareció en ese momento. La silueta de un hombre pasó por delante de Kotoko.

Estaba corriendo.

Perseguía su sombrero para recuperarlo.

Llegó a esa conclusión más tarde, pero en ese instante estaba tan desconcertada que no podía ni articular palabra. La espalda del hombre que corría tras su sombrero se parecía mucho a la de su hermano fallecido.

Esbelto, delgado pero musculoso; también reconocía la melena un poco larga.

—Yuito...

Pronunció su nombre en un susurro que él no llegó a oír. El hombre no miró atrás ni una sola vez y saltó al sol.

Su figura a contraluz suspendida en el aire era tan hermosa que parecía un ángel alado. Pensó que su hermano había vuelto del otro mundo.

Había ocurrido un milagro, o eso creía.

Había llegado a ese lugar queriendo ver a su hermano y no había dejado de pensar en él ni un segundo. Había ido allí buscando un milagro. Si se lo habían concedido, no existiría persona más feliz que ella sobre la faz de la Tierra.

Pero estaba equivocada.

No se había obrado ningún milagro.

Kotoko se daría cuenta pronto.

El hombre atrapó el sombrero. Lo agarró con la mano derecha cuando volaba hacia el mar y volvió a pisar el suelo. Se giró y se le veía el rostro con claridad.

Eran de la misma edad, de unos veintitantos años, pero no era su hermano. Tenía una apariencia muy juvenil.

Su hermano tenía un rostro con rasgos masculinos al que le quedaba muy bien el bronceado, pero el rostro de este muchacho era de semblante dulce y de piel lívida, y llevaba unas gafas de montura fina.

¿Acaso llevaba unas gafas de mujer?

Era la impresión que daba, pero ese tipo de gafas le quedaban bien a este joven de rasgos andróginos. Parecía el protagonista de un manga dirigido a un público femenino. Tenía el aspecto de ser un personaje amable, aquel por el que la heroína de la historia albergaría sentimientos.

El joven se acercó a Kotoko y le tendió el sombrero.

—Aquí tiene.

Su voz también era dulce. Le dio la impresión de haberla oído en algún otro lugar, pero no tenía tiempo para pararse a recordarlo. Debía agradecerle que hubiera recuperado su sombrero.

—¡Muchas gracias!

Tomó el sombrero y agachó la cabeza en señal de agradecimiento. Aun cuando él se había esforzado por alcanzarlo, ella había estado distraída, recordando a su hermano.

Pero ¿de dónde había salido aquel muchacho? Estaba segura de que allí no había nadie más que ella. Mientras seguía atónita, él dijo algo aún más misterioso.

—Usted es Kotoko Niki, ¿no es así?

Era la primera vez que se veían, pero él sabía su nombre.

—S-sí… Esa soy yo, pero… ¿quién es usted? —asintió, sorprendida, y le preguntó con cautela.

Kotoko también lo trató de usted, pero él era todavía más formal y se presentó haciendo una reverencia con la cintura muy inclinada.

—Le agradezco que haya hecho una reserva con nosotros. Luego me presentaré como es debido, pero soy Kai Fukuchi y trabajo en el restaurante Chibineko.

El chico de las gafas finas resultó ser un empleado del restaurante al que se dirigía. Cayó en la cuenta de que esa era la voz que la había atendido al teléfono para la reserva.

Después del entierro, nadie hablaba ya en la casa de Kotoko, como si se hubiera apagado el fuego que los alumbraba.

Su padre trabajaba en una pequeña cooperativa de crédito local y su madre tenía un trabajo a tiempo parcial en un supermercado. Ambos eran personas calladas y tranquilas.

«Tus padres parecen muy buenos, Kotoko».

Siempre que iban amigos a visitarla, decían lo mismo de sus padres. Y era verdad: ella no los había oído levantar la voz ni una sola vez.

Su hermano era el orgullo de sus padres. Había sido un buen estudiante desde primaria y un buen deportista. En secundaria había sido presidente del consejo de estudiantes. Como es natural, estudió en el instituto público más prestigioso de la localidad y aprobó a la primera los exámenes, con fama de ser complicados, para una renombrada universidad privada. Al final lo admitieron en la facultad de Derecho. Su vida había sido exitosa y sin sobresaltos.

Todo el mundo pensaba que al graduarse sería fiscal o abogado, pero no fue así. No había pasado ni un año desde que empezó la carrera cuando dijo que dejaba los estudios.

Kotoko se sorprendió, pero sus padres se quedaron impactados con la noticia.

—¿A qué te refieres?

—Si dejas los estudios, ¿qué vas a hacer después?

Ambos le hicieron preguntas inquisitivas. Le cambió la cara al notar que se oponían a su decisión.

Miró de frente a sus padres y les respondió:

—Quiero dedicarme al teatro.

Cuando entró a la universidad, también se apuntó a una modesta compañía de teatro local. Kotoko sabía que se había tomado en serio lo de ser actor, pero nunca se imaginó que terminaría dejando la universidad para dedicarse a eso. Para sus padres fue algo todavía más inesperado.

—¿No puedes seguir en el teatro mientras estudias la carrera?

Era una pregunta razonable. No debe haber padres que consientan que su hijo abandone una universidad prestigiosa, así como así.

—No quiero tener que destinarle solo los ratos libres, lo que quiero es dedicarme por completo a la actuación.

Esa fue la respuesta de Yuito, pero sus padres no se quedaron convencidos.

—Entonces, ¿eso significa que quieres ser actor?

—Sí.

Yuito dio una respuesta clara y contundente. Se podía leer en su rostro que ya había tomado una decisión: iba a ganarse la vida actuando.

—Pero ¿no es una profesión dura?

La madre hizo otra pregunta razonable. Kotoko no sabía mucho de ese mundillo, pero era consciente de que solo unos pocos logran la fama. Entendía que graduarse y conseguir un trabajo relacionado con el derecho sería una vida mucho más estable.

Pero su hermano no cedió.

—Sé que no será un camino de rosas, pero quiero intentarlo.

No había rastro de duda en sus palabras. Veía con claridad el camino que debía seguir.

—Solo se vive una vez, y no quiero tener que arrepentirme de nada.

Habló con un tono de voz firme para convencer a sus padres. Dijo que en tres años les mostraría los frutos de su esfuerzo. Que actuaría en series de televisión. Que, si fracasaba como actor, volvería a una universidad pública y estudiaría para ser funcionario.

Al decir todo aquello, sus padres asintieron. Probablemente se dieron cuenta de que decirle algo a su hijo cuando estaba demostrando tal determinación solo era perder el tiempo, y estaban convencidos de que terminaría siendo funcionario.

A decir verdad, Kotoko pensaba como ellos. Triunfar como actor de teatro y llegar a aparecer en la televisión era como un cuento de hadas para ella.

Pero el trabajo de su hermano dio sus frutos en menos de tres años.

El año en que Kotoko entró a la universidad, a su hermano le dieron el papel protagonista para una obra de teatro, y al año siguiente se presentó a una audición de una serie de televisión para el papel del mejor amigo del protagonista, un papel importante, y lo eligieron a él. Después apareció en revistas como actor revelación del momento, y, aunque aún no había empezado el rodaje de la serie, aparecía de vez en cuando en la televisión.

«Me dejas boquiabierto».

Así era como su padre reconocía el talento de su hijo. La madre, cada vez que su hijo aparecía en alguna revista, recortaba el artículo. Ambos esperaban con ilusión el estreno de la serie. Kotoko también estaba muy orgullosa de él.

«¡Qué bien actúas, Yuito!».

Ella sabía lo duro que había trabajado su hermano. Había dejado la universidad para cumplir su sueño y había derramado sangre, sudor y lágrimas para conseguir sus propósitos. Era indudable que tenía talento, pero también había ensayado más que nadie. Lo había visto en varias ocasiones practicando la proyección de la voz en un parque cercano.

«Solo se vive una vez, y no quiero tener que arrepentirme de nada».

Ese era el lema de su hermano, pero aún le quedaban muchas cosas pendientes. Después de todo, murió antes de poder cumplir su sueño.

La vida continuó después de que su hermano falleciera. La familia se redujo a tres miembros. Se había sacrificado una vida para proteger a Kotoko.

Si su hermano no hubiera intervenido, ella habría muerto, pero él seguiría vivo.

*Me niego a vivir a costa de la vida de otra persona*, eso era lo que pensaba Kotoko. No quería morir, pero tampoco vivir ocupando el lugar de su hermano.

Él tenía talento. Sabía muy bien que tenía montones de admiradores porque a menudo visitaba la compañía de teatro.

A ella también le interesaba el teatro. Iba a ver las obras y asistía a los ensayos como oyente. Incluso el director de la compañía le había pedido en varias ocasiones que subiera al escenario. En la pequeña compañía siempre escaseaban los actores, por lo que no tenían a gente que hiciera de figurante. Después de su segunda actuación, el director Kumagai la felicitó.

—Veo que tienes cualidades, Kotoko.

Era un hombre grande como un oso. Tenía barba y aparentaba unos cuarenta o cincuenta años, pero solo tenía diez más que su hermano. Era el fundador de la compañía teatral y quien había descubierto el talento de Yuito.

Tenía una presencia intimidante que haría que hasta los matones se apartaran del camino, pero su mirada era afable y su sonrisa, encantadora. Que la tímida Kotoko se atreviera a subirse al escenario pudo deberse a que Kumagai era el director. Tenía un carisma que atraía a la gente.

Tan solo había interpretado el papel de una transeúnte sin frases. Pensó que se estaba riendo de ella, pero Kumagai estaba muy serio.

—Tu sola presencia ilumina el escenario. Aunque no tengas texto, atraes la atención solo con que camines.

Era la primera vez que le decían algo así. Siempre había sido muy tímida y era la típica alumna que se sentaba en un rincón de la clase. El popular era su hermano. Todos los que la conocían sabían cómo era ella.

Aun así, Kumagai se deshacía en elogios.

—Tienes más presencia que Yuito.

Aunque se lo dijera con seriedad, ella solo podía tomárselo a broma. Pero hubo alguien más que estuvo de acuerdo con esas palabras.

—A mí también me lo parece.

Era su hermano. Había estado escuchando la conversación mientras asentía.

—A pesar de que yo soy el protagonista, todo el mundo miraba a Kotoko.

—Pero eso es porque estuve muy mal, ¿no?

—Qué va, eso es porque les has gustado. Eres una actriz prodigiosa por haberte ganado al público con un papel de transeúnte.

—No te burles así de mí.

Cuando Kotoko se quejó, su hermano se encogió de hombros. Pensaba de verdad que se estaba burlando de ella. Iba a reñirle, pero intervino Kumagai.

—¿Por qué no pruebas a actuar en serio? Podrías superar a Yuito.

—Eso es imposible…

Rehuyó la pregunta. Le gustaba el teatro, pero no creía tener talento ni estaba preparada para actuar de verdad. Se conformaba con ser una figurante en la vida de su hermano. Ser una transeúnte sin frases le iba como anillo al dedo. Solo había frecuentado la compañía teatral porque él formaba parte de ella.

Por eso, cuando su hermano falleció, dejó de aparecer por allí. También se tomó un descanso de la universidad. No quería hacer nada ni ir a ningún sitio. Se quedaba inmóvil en su habitación. Si salía, era solo para visitar su tumba.

Que Kotoko se presentara en aquel pueblo costero en ese estado se debía a una conversación con Kumagai.

Kumagai no solo era el director de la compañía teatral, sino que también era amigo de su hermano. En los días libres, se montaban en las motos e iban a pescar en roquedos; incluso se iban de viaje juntos con frecuencia.

Se reencontró con Kumagai en el cementerio donde descansaba su hermano. Lo vio frente a la lápida juntando las manos.

No le apetecía verlo, pero tampoco le parecía apropiado escabullirse ni tenía energía para ello. Cuando se acercó a la lápida, Kumagai se percató de su presencia.

—¡Hacía mucho que no nos veíamos!

—Sí, y quería agradecerte tu ayuda en aquellos momentos.

Se saludaron de la forma habitual, pero Kumagai quiso ahondar en la conversación y preguntarle por su situación.

—¿Te alimentas bien?

Puede que le hiciera esa pregunta por la evidente delgadez de Kotoko. Llevaba mucho tiempo sin tener apetito. Se obligaba a comer para no desfallecer, pero había días en los que no probaba bocado. Ese día tampoco había comido nada desde por la mañana.

Pero, por supuesto, no iba a decirle eso. No iba a cambiar nada contándoselo.

—Sí, sigo teniendo el apetito de siempre.

Kumagai sabía que le estaba mintiendo, pero se limitó a mirarla preocupado, sin decirle nada.

Kotoko, rehuyendo su mirada, dirigió la vista a la lápida de la familia Niki. Estaba impoluta, probablemente porque sus padres la habían limpiado a fondo. Pese a que era una lápida antigua de generaciones anteriores, no tenía ni un ápice de suciedad y estaba reluciente.

Kotoko pensaba en sus padres. Se los imaginó limpiando la lápida con un trapo mientras derramaban lágrimas porque se había muerto el hijo del que estaban tan orgullosos.

—Ojalá no me hubieras salvado... —murmuró frente a la lápida.

No soportaba el dolor de vivir sin él.

Se le humedecieron los ojos y estaba a punto de llorar. Intentaba contener las lágrimas, cuando la voz de Kumagai llegó a sus oídos.

—¿Conoces el restaurante Chibineko?

Fue una pregunta inesperada. Se le quitaron las ganas de llorar por la sorpresa. Mientras se preguntaba por qué le mencionaba ahora el nombre de un restaurante, contestó:

—¿Cómo? ¿Un restaurante...?

Le parecía absurdo estar hablando de algo tan trivial.

—Sí, pero solo sirven platos del día. Está en Chiba, no muy lejos, en un pueblo de la costa por la parte de Uchibo. ¿No lo conoces?

Era la primera vez que oía ese nombre. Había ido pocas veces a Chiba. Una o dos veces al año, como mucho, para ir a Disneyland cuando su hermano aún vivía. Tampoco recordaba haber ido a ningún restaurante a comer un plato del día.

—No...

Negó con la cabeza y Kumagai empezó a explicárselo todo.

—Estuve allí un par de veces con Yuito cuando íbamos a pescar. La dueña es una mujer muy guapa que rondará los cincuenta años. —Se detuvo un momento—. Nos preparó la comida de los recuerdos.

Tampoco había oído nunca algo así. La comida de los recuerdos... No era que le sonara extraño, sino que no sabía de qué se trataba.

Kumagai la miraba vacilante, y siguió hablando.

—Es como la *kagezen*.

Eso sí sabía lo que era. Es la comida que la familia ofrece a los seres queridos que se ausentan mucho tiempo para orar por su seguridad. También es la que se prepara para los difuntos durante las misas budistas conmemorativas. Kumagai se refería a esto último. Ellos prepararon la *kagezen* de su hermano para el velatorio y para después del funeral.

—Si comes la comida de los recuerdos que sirven en el Chibineko, podrás oír la voz de tus seres queridos y te inundarán los recuerdos.

—¿Sí? ¿De tus seres queridos? —musitó, pero no entendía del todo lo que intentaba decirle Kumagai.

—Pero de los difuntos.

—¿Cómo dices?

—Con esa comida puedes oír la voz de tus difuntos. Y, a veces, aparecen ante ti.

¿De qué estaba hablando? ¿De apariciones?

—¿Entiendes lo que digo?

Kotoko negó con la cabeza. Era lógico que no lo entendiera.

—Si vas al Chibineko, a lo mejor puedes hablar con Yuito. A eso me refiero.

Entendía lo que significaban esas palabras, pero no podía creérselo. Era normal que pensara que le estaba gastando una broma pesada.

Sin embargo, la expresión de Kumagai no podía ser más seria. No tenía cara de estar mintiendo. Había sido el maestro de teatro de su hermano y su mejor amigo, una amistad que trascendía las generaciones. Durante el velatorio y el funeral, fue quien más lágrimas derramó.

Decía la verdad.

Al menos, eso era lo que sentía ella. Era una historia absurda, pero le creyó. Quería creerle. Volvió a preguntarle para asegurarse.

—¿De verdad podré ver a Yuito?

—No estoy seguro, pero es posible.

Esa fue su respuesta. Solo con ser una posibilidad le bastaba. Kotoko se olvidó de la tumba de su hermano y preguntó:

—¿Me podrías dar la dirección y el teléfono del restaurante
Chibineko?

—Restaurante Chibineko, ¿dígame?

Cuando llamó al teléfono que le dio Kumagai, le respondió
una voz masculina que parecía joven. En ese momento no sabía ni su nombre, pero era la voz de Kai.

—Me gustaría hacer una reserva.

—Abrimos hasta las diez de la mañana. ¿Tendría algún in-
conveniente?

—¿De la mañana?

—Sí. Solo abrimos por la mañana. ¿Es un impedimento
para usted?

—No, no hay problema.

¿Sería un restaurante especializado en desayunos? No le
transmitía confianza que sirvieran *kagezen* en un sitio así, pero
eso era asunto del negocio. Podría llegar allí en el primer tren
del día.

—Gracias por su comprensión.

Su manera de hablar era tan cortés que resultaba anticua-
da, pero su voz suave y agradable era reconfortante al oído y
permitía hablar con él sin tensiones.

—¿Sería posible encargar una comida de los recuerdos?

—En efecto.

Respondió de inmediato. Después le pidió los datos de contacto y, como si hubiera olvidado algo importante, la voz al
otro lado del teléfono se apresuró a decir:

—Tenemos un gato en el local, ¿sería un problema para usted?

¿Era la mascota del negocio?

Como Chibineko significa «gatito» en japonés, no le parecía extraño que tuvieran un gato de verdad. Tampoco tenía alergia a los gatos.

—Para nada.

—Se lo agradezco.

Se lo imaginó haciendo una leve reverencia. Su honradez se transmitía a través del teléfono. Kotoko sintió simpatía por él.

—Eso es todo, la estaremos esperando. Le agradecemos que haya reservado con nosotros.

Había sido correcto hasta el final de la llamada.

Kumagai le explicó cómo ir al Chibineko. Debía abordar el tren rápido desde la estación de Tokio y tardaría una hora y media en llegar al pueblo. Era factible hacer un viaje de ida y vuelta en el mismo día.

—Saluda a Nanami y a Chibi de mi parte.

Eso fue lo que le dijo Kumagai cuando ella le informó de que iba a ir al restaurante. Nanami era el nombre de la dueña y Chibi parecía ser el del gato.

—Claro…

Aunque le dijo que sí, se olvidó pronto del recado. Le sabía mal por Kumagai, pero en su cabeza solo habitaba la posibilidad de ver a su hermano.

Kotoko se subió al tren y llegó al pueblo costero. El restaurante se encontraba algo alejado de la estación. Al bajarse del tren se montó en un autobús para un trayecto de quince minutos. Después caminó a lo largo de la ribera del río Koito y, cuando por fin llegó al caminito de caracolas blancas, conoció a Kai Fukuchi.

Kai llevaba una camisa blanca de manga larga y unos pantalones negros. Su cabello negro, un poco largo, se mecía suavemente con la brisa marina.

—Acompáñeme al establecimiento.

—Sí, gracias —respondió Kotoko, y lo siguió.

No tenía pérdida; en menos de tres minutos ya podía verse el local. Era una elegante casa de playa de madera con tablones azules. Como era una casa de dos plantas espaciosa, parecía servir también como vivienda.

No tenía letrero, pero había una pizarra colocada junto a la entrada. Era la típica pizarra con atril que hay en cafeterías y negocios del estilo.

En ella había algo escrito con tiza blanca:

### Restaurante Chibineko

### Hacemos la comida de los recuerdos

Además, había una advertencia escrita en letra pequeña:

### Tenemos un gato en el local

Y había un dibujo de un gatito. Tanto las letras como el dibujo eran delicados, por lo que pensó que habrían sido obra de una mujer. No obstante, no veía el plato del día ni el horario por ningún lado. Tampoco se especificaba que solo sirvieran desayunos. No daba la sensación de ser un establecimiento comercial.

Mientras pensaba en lo extraño que le parecía todo aquello y miraba la pizarra, creyó oír algo al otro lado.

—Miaaau.

Eran maullidos. Al asomarse, vio a un gato muy pequeñito. Era un adorable gatito blanco con manchas marrones. Es muy habitual encontrarse a gatos en pueblos costeros, pero no se esperaba ver a uno tan pequeñito frente al restaurante.

¿Sería un gato callejero? No parecía temer a las personas, y tenía el pelaje limpio y bonito. Mientras lo miraba fascinada, Kai le habló al gatito:

—Ya te dije que no salieras.

Le hablaba como si se dirigiera a una persona, pero su manera de expresarse era más natural, no como cuando se dirigía a los clientes.

—Tienes que quedarte en casa, ¿entendido?

Después de decirle aquello con mucha seriedad, se volvió a Kotoko y prosiguió con sus buenos modales.

—Lamento no haber podido hacer las presentaciones oportunas, pero este es nuestro gato, de nombre Chibi —dijo con excesiva educación.

—¡Miau!

Chibi maulló como si la saludara. Viendo lo travieso que era, pensó que se trataría de un macho. Parecía ser el gato del dibujo.

—Por más que estoy detrás de él para que no salga, se escapa en cuanto ve la oportunidad.

Parecía que Kai estuviera excusándose. El gato era un experto escapista.

—Venga, entra, por favor.

El gato contestó a su orden:

—Miauuu…

Encaminó sus pasitos decididos hacia la puerta. Movía la cola de un lado a otro. Era como si les dijera a Kotoko y a Kai que lo siguieran.

Kai adelantó a Chibi y abrió la puerta.

—¡Bienvenida al restaurante Chibineko! ¡Adelante, pase! —le indicó a Kotoko.

Era un sitio pequeño, con espacio solo para ocho comensales. No había asientos en la barra, solo dos mesas redondas con cuatro sillas cada una.

Aquellas mesas y sillas eran de madera y estaban envueltas en un ambiente cálido y acogedor, como si estuvieran en una cabaña de madera en el bosque. En un rincón había un reloj de abuelo grande y de aspecto antiguo. Daba la impresión de funcionar bien, marcando el tiempo con el tictac de las agujas.

En la pared había una gran ventana desde la que se veía el mar de Uchibo. Las gaviotas volaban sobre el mar azul emitiendo sus chillidos, que sonaban como maullidos.

—¡Miaaau!

Chibi maulló mirando a la ventana, como si les contestara. Pero no parecía tener interés en las gaviotas y se fue hacia el reloj antiguo.

Mientras ella seguía con la vista fija en Chibi, Kai la instó a que se sentara.

—¿Desea tomar este asiento?

Le señaló una silla junto a la ventana, desde donde se veía bien el paisaje.

—S-sí…

—Póngase cómoda —dijo Kai, retirando la silla.

—Gracias —dijo, y se sentó.

Era un lugar limpio y agradable. El empleado era atento y hasta había un gatito encantador.

Chibi se había aovillado en una mecedora de madera junto al reloj y ya había cerrado los ojos. Era una escena sosegada.

«Podrás oír la voz de los difuntos».

«A veces aparecen ante ti».

Eso era lo que había dicho Kumagai, pero esa imagen no casaba con la que tenía del restaurante. No había visto por ninguna parte a Nanami, la mujer de cincuenta años que se suponía que era la dueña y cocinaba. Cuando pensó en preguntar por ella, Kai prosiguió:

—Usted encargó una comida de los recuerdos, ¿no es así? Espere un momento, por favor.

Unas tres horas antes, cuando todavía no había amanecido del todo, Kotoko salió de casa. Si no tomaba el primer tren, no llegaría a tiempo para la hora de la reserva.

Pese a que era tan temprano, había luz en la habitación del altar familiar. Sus padres estaban levantados. Ni ellos ni Kotoko habían pegado ojo en toda la noche.

El cuarto del altar estaba junto a la entrada, separada del pasillo solo por una puerta corredera de papel. Vio las siluetas de sus padres a través de ella, pero se marchó sin decirles nada. Cuando pensaba en cómo se sentirían, la voz se le atascaba en la garganta.

Por muy en contra que estuvieran del camino que había elegido su hermano, estaban ilusionados e impacientes por verlo actuar en la televisión. El sueño de su hermano era también el de sus padres.

Pero ese sueño se había esfumado. Su muerte los dejó hundidos en la tristeza, casi como si se hubieran convertido ellos mismos en fantasmas. Permanecían encerrados en casa cerca del altar familiar.

*Ojalá me hubiera muerto yo.*

Sus pensamientos llegaban hasta ese punto. Incluso en el restaurante Chibineko seguía poseída por esa idea.

Pero no pensaba así solo porque su hermano hubiera perdido la vida salvándola, sino también por sus padres, que no habrían llegado a desesperanzarse tanto. Pensaba que su hermano habría conseguido animarlos por muy tristes que estuvieran, mientras que ella ni siquiera era capaz de hablarles.

*Ha sobrevivido la inútil, la que no tiene sueños.*

Se atormentaba con esos pensamientos. No sabía cómo iba a vivir de ahora en adelante.

Se sentía perdida y parecía estar a punto de ponerse a llorar.

En aquel instante, oyó un maullido a sus pies.

—¡Miau!

Era Chibi, que había estado durmiendo en la mecedora hasta hacía un momento. Kotoko no se dio cuenta de su llegada, pero ahí estaba a sus pies, asomándose para verle el rostro.

La expresión de la carita de Chibi era tan graciosa, como si de verdad estuviera preocupado por ella, que estuvo a punto de reírse. Gracias a él, se le cortaron las lágrimas.

—Gracias, Chibi.

Kai salió de la cocina. Llevaba puesto un delantal blanco vaquero con un gato bordado en el pecho que, probablemente, sería Chibi. Era un delantal bonito.

31

Kai fue hasta la mesa de Kotoko y dijo:

—Disculpe la tardanza.

Le traía la comida en una bandeja lacada.

Esta consistía en un bol de arroz blanco, sopa de miso y pescado guisado.

Kai había colocado los platos alineados. Se notaba que estaban recién hechos porque humeaban. Chibi maulló, atraído por el olor del guiso de pescado.

—¡Miau! ¡Miau!

Maullaba como si rogara comida. Pero Kotoko no podía mirar a Chibi. Estaba con los ojos fijos en la comida, fascinada por encontrarse ante un plato inesperado.

—Guiso de *ainame...* —musitó Kotoko.

Ese plato era la comida de los recuerdos de su hermano.

El *ainame*, también llamado *aburame*, es un pez de roca con cuerpo fusiforme que habita en los arrecifes costeros. Su cuerpo puede alcanzar los treinta centímetros. No suele venderse en los supermercados ni en los grandes almacenes de Tokio, pero es conocido por su buen sabor. No es un pescado barato y se lo considera un artículo de lujo.

No es muy común verlo en las mesas de los hogares humildes. Kotoko no lo había probado nunca, hasta que su hermano empezó a llevarlo a casa después de ir a pescar con Kumagai.

«Debería dedicarme a la pesca».

Recordaba que presumía de su habilidad para la pesca. Se le daba bien cualquier cosa que hiciera. Ni siquiera dejaba que su madre cocinara el pescado, tenía que hacerlo él.

A Kotoko le gustaba cocinar. Muchas veces se quedaba con su hermano en la cocina para verlo limpiar el pescado. A él no le molestaba su compañía y charlaban sobre la comida.

—Me gustaría probar a hacer *namero*.

El *namero* es un plato típico de la prefectura de Chiba. Se elabora picando finamente pescados, como el jurel o la sardina, y se le añade puerro picado, jengibre, jengibre de *myoga* y miso, y se vuelve a picar todo junto.

—Se puede comer tal cual, pero es más común comerlo sobre arroz.

Se le hacía la boca agua solo con oírlo. Quería probarlo, pero podía ser peligroso comerlo crudo.

—A lo mejor tiene *anisakis*.

Se refería a un gusano que puede parasitar pescados como el jurel, la caballa o el calamar. También era posible que estuviera en el *ainame*, así que comerlo crudo podía ocasionar un intenso dolor abdominal. La enfermedad que causan los parásitos se denomina *anisakiasis*.

—No hay de qué preocuparse si se lo cocina bien.

Mientras él preparaba el *namero*, ella rellenaba caparazones de vieiras y abalones para asarlos a la parrilla. Se trataba de otro plato típico de Chiba: *sangayaki*.

El olor a miso quemado abría mucho el apetito. Incluso Kotoko, que solía comer como un pajarito, repitió.

Pero había un plato que le gustaba todavía más: el guiso de *ainame*. Era un guiso del que su hermano también se sentía orgulloso, y se jactaba de su maña cada vez que lo cocinaba.

—Voy a preparar un guiso para chuparse los dedos.

—¿También sabes hacer guisos?

—¿Por quién me tomas?

Le gustaba alardear. Aunque es un plato que necesita tiempo para cocinarse, no es muy complicado. Solo hay que quitarle las escamas, las branquias y las vísceras al *ainame* y cocerlo a fuego lento en la sartén. Pero su hermano primero echaba sake y jengibre a la sartén para que hirviera todo junto.

—Así la carne estará más tierna y se elimina el mal olor.

Era como si le estuviera enseñando trucos de cocina que había oído en algún lugar. El sake realzaba el sabor del *ainame*.

—Cuando empieza a hervir el sake, hay que añadir azúcar, salsa de soja y vinagre de arroz, y dejar que se cocine a fuego lento hasta que reduzca. Cuando el pescado brilla significa que está listo. ¿A que parece un plato de restaurante?

Y tenía razón. Estaba tan bueno que no parecía un plato hecho por un cocinero aficionado.

—¡Te has superado, Yuito!

A Kotoko le encantaba el guiso de *ainame* de su hermano. Siempre que lo pescaba, se lo cocinaba de esa forma.

—¿Cómo es posible que conozca este plato? —le preguntó Kotoko a Kai.

Había encargado una comida de los recuerdos, pero en ningún momento les había dicho que prepararan nada en concreto. Ella se esperaba la típica *kagezen* que se sirve en velatorios y funerales.

¿Habría sido una mera casualidad?

Pero era imposible. Nunca había oído que sirvieran guiso de *ainame* como *kagezen*. Además, el plato que tenía ante ella era idéntico al que cocinaba su hermano.

—No hay de qué sorprenderse —dijo Kai, como si fuera a revelarle el misterio, y sacó un cuaderno grueso y bastante usado—. Está anotado aquí.

—¿Cómo?

—El señor Yuito Niki era uno de nuestros clientes habituales. Pescaba *ainame* por aquí cerca.

Era cierto. Había olvidado que se lo había contado Kumagai. También sabía por qué los platos se parecían tanto: su hermano imitaba el guiso de ese restaurante. Tal vez le habían enseñado cómo prepararlo.

Pero allí no estaba la mujer que le había mencionado Kumagai. Se notaba que era la que había escrito en la pizarra y quien había bordado el gato del delantal de Kai, pero no sentía la presencia de nadie más, *solo* sentía a Chibi y a Kai.

Kai se guardó el cuaderno en el bolsillo del delantal y puso más platos en el lado opuesto de la mesa. Eran para Yuito.

—Tómese su tiempo.

Inclinó la cabeza y volvió a la cocina.

Guiso de *ainame*, arroz blanco y sopa de miso. A diferencia de la *kagezen*, una comida formal, esta era una comida llena de recuerdos.

Su hermano aún no había aparecido.

Tampoco oía su voz.

El tictac del reloj retumbaba en medio del silencio. Por la ventana entraba el rumor de las olas y el canto de las gaviotas.

Al saber que no iba a poder probar el guiso de *ainame*, Chibi se acurrucó en la silla frente a Kotoko. En ese lado estaba la comida de los recuerdos de su hermano. No había ni la más mínima señal de su aparición.

Kotoko dejó caer los hombros. El sitio era acogedor, pero no era lo que esperaba. Las cosas no iban como Kumagai le había descrito. No iba a ver a su hermano.

Aun estando decepcionada, juntó las manos en un gesto formal y empuñó los palillos.

—¡A ver qué tal!

Se disponía a empezar a comer. Aunque, como era habitual en ella, no tenía apetito, le parecía una falta de respeto no tocar la comida. Decidió comerse al menos el guiso de pescado.

El *ainame* estaba tan tierno que con un suave pellizco de los palillos la carne se desprendía sin dificultad. El hermoso lomo blanco del pescado estaba bañado en una salsa marrón traslúcida.

Aunque se suponía que no tenía apetito alguno, se le hacía la boca agua. La mezcla del aroma sabroso de la salsa de soja y del dulzor del azúcar le hacía cosquillas en la nariz. Ya sí le apetecía comerse el guiso.

Se llevó a la boca un poco de pescado. Lo primero que saboreó fue la salsa. Dulce y salada a la vez, con una profundidad de sabor que realzaba el del pescado blanco. Al morderlo, la carne suave pero sabrosa del *ainame* se mezclaba con la salsa en su lengua y desaparecía lentamente.

Le gustó tanto que dijo en voz alta lo que estaba pensando:

—*Está más rico que el guiso de Yuito...* —murmuró, y ladeó la cabeza.

Se notaba la voz rara. Sonaba apagada. Pensó que podría haberse resfriado, pero no le dolía la garganta. Su voz tampoco cambiaba así cuando se resfriaba.

¿Serían sus oídos los que estaban raros, y no su garganta? ¿Habría enfermado?

Una voz masculina interrumpió su inquietud.

—*Pues claro, este plato lo ha cocinado un profesional.*

Parecía una respuesta a lo que acababa de murmurar Kotoko, pero no era la voz de Kai. Esa voz provenía de fuera. Una voz que había oído todos los días de su vida hasta el accidente de aquel día funesto de las vacaciones de verano.

—*No puede ser...*

Justo cuando Kotoko estaba musitando, la campanilla de la puerta tintineó. La puerta del restaurante Chibineko se abrió y parecía que iba a entrar alguien.

Miró en esa dirección, como si algo la guiara. Una figura alta y blanca entró en el local.

—*¡Miaau!*

Chibi se incorporó, saltó de la silla como si quisiera cederle el asiento a quien acababa de entrar y volvió a la mecedora.

El reloj junto a la mecedora captó la atención de Kotoko. Las manecillas no se movían. El reloj había dejado de marcar el tiempo.

Algo no iba bien.

Como si el tiempo mismo se hubiera detenido, el murmullo de las olas y el canto de las gaviotas se apagaron. Hasta el viento había enmudecido.

—*¿Qué...? ¿Qué está pasando?*

Una neblina matinal llenó el lugar como si fuera una voz que respondiera a Kotoko. Entonces la figura blanca y alta se acercó a ella.

Era su hermano. Le habló una voz que reconoció como la suya.

—*Hacía mucho que no nos veíamos, Kotoko.*

Había aparecido su hermano fallecido.

Kotoko había ido allí en busca de un milagro, el de verle, pero ahora que estaba ante ella no le salían las palabras.

Buscó a Kai como si quisiera pedirle ayuda, pero no había señal de él. Solo ella y Chibi parecían haberse adentrado en otro mundo.

—*¿Puedo sentarme?*

—*Sí...* —asintió, y él se sentó en la silla de enfrente. La comida de los recuerdos de su hermano aún estaba caliente y humeaba.

—*¡Qué buena pinta tiene este guiso de* ainame*!* —dijo él con alegría.

Aunque su voz sonara apagada, su manera de hablar no había cambiado nada desde que estaba vivo. No había duda de que era su hermano.

Kotoko volvió en sí. Si de verdad su hermano estaba ante ella, no podía seguir allí sentada.

*Tengo que llamar a papá y a mamá.* Pensó en traer a sus padres. Eran los que más deseaban ver a su hermano. Seguro que se alegrarían.

Tardaría menos si los llamaba por teléfono, pero no estaba segura de poder explicarles bien la situación. Decidió que lo mejor era volver a su casa y traerlos con ella. Justo cuando se levantó de la silla con ese pensamiento, su hermano la detuvo.

—*No lo hagas.*

Era como si él supiera lo que pensaba, pero ella no tenía ni idea de lo que rondaba por la cabeza de su hermano. Por eso, le preguntó:

—*¿Por qué?*

—*Para cuando los traigas, yo ya habré desaparecido.*

—*¿Quieres decir... que te irás para siempre?*

—*Sí* —asintió, y le contó algo que ella no sabía—. *No puedo quedarme en este mundo mucho tiempo. Solo puedo permanecer aquí hasta que me termine esta comida.*

Estaba a punto de decirle que no comiera, pero recordó de repente lo que había dicho el sacerdote budista durante el funeral. «Los difuntos solo se alimentan de los olores. Encendemos varillas de incienso frente al altar porque su aroma sirve como alimento para ellos».

Su hermano asintió como si de verdad supiera lo que estaba pensando.

—*Cuando el plato se enfría, deja de oler. Piensa que el vapor que emana es mi comida.*

Al parecer, solo podía permanecer en el mundo terrenal hasta que el plato dejara de humear. A pesar de haberse reencontrado, solo podían estar juntos hasta que la comida de los recuerdos se enfriara.

—*Y hay algo más* —siguió hablando Yuito—. *Solo he podido venir a este mundo hoy. Cuando se me acabe el tiempo, lo más seguro es que no pueda regresar nunca más al mundo de los vivos. Tampoco podré volver a hablar contigo.*

Aunque había dicho «lo más seguro», su voz estaba llena de convicción. Sabía que esa era la única oportunidad que tenían para verse.

—*¡P-pero...!*

Kotoko intentó alzar la voz, pero no le salían las palabras. No sabía a quién dirigir la rabia que la atenazaba.

Volvía a sentirse perdida. Se había sentido así desde la muerte de su hermano. Él continuó hablando, como si quisiera consolarla:

—*Es un milagro que podamos reencontrarnos, aunque solo sea una vez.*

Kotoko también pensaba así, pero no podía aceptar lo que había hecho ni alegrarse. Les había arrebatado a sus padres la oportunidad que tenían para verlo.

Se imaginaba las espaldas de sus padres sentados frente al altar familiar. En esos tres meses habían adelgazado, y en sus cabellos aparecieron más canas. Seguro que deseaban más que nadie ver a su hermano.

Pero ya no era posible.

Había desperdiciado la única oportunidad que tenían. Se arrepentía de haberse presentado allí sola. Se lamentaba de no habérselo contado.

—*Aunque te arrepientas, no puedes retroceder en el tiempo* —le dijo su hermano con voz dulce.

Le dolía admitirlo, pero él tenía razón. Y mientras se lamentaba, el tiempo volaba.

El guiso de *ainame* se estaba enfriando y estaba dejando de emanar vapor, al igual que el arroz blanco y la sopa de miso. La comida de los recuerdos estaba cada vez más fría.

Se les acababa el tiempo.

A ese ritmo, la comida se enfriaría completamente en diez minutos como mucho y su hermano volvería al más allá.

Kotoko estaba desesperada y se sentía acorralada. Intentó hablar, pero la voz se le atoró en la garganta. No podía pensar en palabras. Se le quedó la mente en blanco.

El tiempo seguía pasando y ella permanecía en silencio.

Ya no había vuelta atrás.

El tiempo iba a acabarse sin poder decirle nada.

Pensaba en que había malgastado el tiempo precioso que les habían concedido, pero alguien interrumpió sus pensamientos.

—Aquí tiene esto también —dijo una voz que no sonaba apagada.

Giró la cabeza y vio a Kai junto a la mesa. Había aparecido allí sin que ella se percatara de su presencia.

—Quedaba algo más por servir —dijo con finura.

Kai no parecía ver a su hermano porque ni lo miraba.

Sirvió más arroz blanco caliente y trajo unos cuenquitos para cada uno.

En los cuenquitos había cubos de gelatina traslúcida. Eran de un bonito color marrón, como el granate o la turmalina.

—*Tiene pinta de estar rico* —dijo Yuito, pero Kai no le respondió. No podía oírlo.

—*Parece rico...* —Kotoko musitó lo que había dicho su hermano, y Kai asintió.

—Es el plato estrella de la casa.

Kai sí podía oír la voz de Kotoko y, de alguna manera, se sintió aliviada. Era como si hubiera aparecido un aliado.

—*¿Y qué es?* —preguntó ella con su voz apagada, al no saber qué podía ser aquella comida tan vistosa como una joya.

—Es *nikogori* de *ainame* —reveló Kai.

El *nikogori* es la gelatina que se forma al enfriarse el caldo de cocción del pescado o de otros ingredientes. Puede elaborarse con pescados ricos en gelatina, como el gallo o el rodaballo.

Aunque a veces se solidifica el caldo con pescado desmenuzado dentro usando agar-agar o gelatina comestible, el *nikogori* que tenía ante ella estaba hecho solo del caldo de cocción del *ainame*.

Kai hizo una reverencia y desapareció. Probablemente solo había regresado a la cocina, pero para Kotoko se había esfumado entre la neblina matinal.

Volvió a quedarse sola con su hermano. Chibi dormía en la mecedora. A veces mascullaba maullidos como si estuviera soñando. Dicen que los gatos sueñan como las personas.

—*El* nikogori *que preparan aquí es una delicia. Pruébalo con el arroz* —dijo Yuito, como si hubiera estado esperando a que Kai se fuera.

Sobre la mesa estaban el *nikogori* tan vistoso como una joya y el humeante arroz blanco recién hecho. Aunque no le parecía que fuera el momento adecuado para comer, se sintió atraída por el plato preparado por Kai.

—*Cómetelo antes de que se enfríe el arroz* —apremió.

Debía estar realmente delicioso si quería que su hermana lo probara con tanto ahínco.

—*Vale* —asintió Kotoko, y asió un cubo traslúcido con los palillos.

Era lo bastante sólido para no deshacerse, pero también blando y elástico. Lo colocó con suavidad sobre el cuenco de arroz humeante.

El *nikogori* es sensible al calor. El brillante dado traslúcido se derretía sin prisa sobre el arroz caliente y liberaba el aroma a pescado hervido que encerraba la gelatina.

El olor de la mezcla de salsa de soja y de azúcar con el aroma del pescado parecía elevarse junto al vapor del arroz.

Tomó un poco de arroz bañado en *nikogori* con los palillos y se lo llevó a la boca. En ese instante, su sabor le estalló en la lengua; era el sabor de un pescado sin ninguna traza de olor desagradable.

La sutileza del arroz se mezclaba con el sabor y la grasa concentrados del *ainame*. Al masticar, el sabor dulzón y sabroso del caldo y del arroz caliente se esparció por su boca. El *nikogori* que quedaba sin fundirse se derritió suavemente en su lengua.

—*En algunos restaurantes cutres el tufo a pescado es tan intenso que no se puede ni comer, pero en el pescado que sirven aquí no hay ni rastro de él, ¿verdad?*

—Sí.

—*Para empezar, está muy bien cocido en sake* —dijo él, como si fuera mérito suyo.

Esa actitud le hizo tanta gracia a Kotoko que empezó a relajarse. Se sentía mucho mejor, como si se hubiera quitado un peso de encima. Por fin iba a poder decirle lo que quería. Ella dejó los palillos y el cuenco de arroz sobre la mesa y agachó la cabeza.

—*Perdóname...*

—*¿Eh? ¿Por qué te disculpas conmigo?*

—*Por el accidente.*

—*Ah... Eso no fue culpa tuya.*

Pero ella sentía que era su culpa. La vida de su hermano se había acabado por protegerla. Si no hubiera estado distraída, lo más probable es que hubiese evitado el accidente y su hermano no habría tenido que morir.

Por mucho que se repitiera que la culpa era del coche que se abalanzó sobre ellos, no podía borrarse esa idea de la cabeza. Kotoko estaba rota por el trauma.

—*No le des más vueltas a la cabeza* —dijo para animarla.

Él siempre había sido amable y la ayudaba cuando lo necesitaba. Le venían un sinfín de recuerdos así.

Cuando estudiaba en primaria, estuvo a punto de ahogarse en el mar, pero su hermano también la salvó entonces. Si se metían con ella en el colegio, la defendía. La ayudaba con los estudios. Si no le salía algún ejercicio en la barra horizontal de gimnasia, iban juntos al parque más cercano y la entrenaba. Quien la enseñó a nadar también fue él.

Al lado de Kotoko siempre había estado su hermano. La apoyaba en todo momento. Le infundía fuerzas para que no llorara.

Pero ya no estaba.

Su hermano había muerto. Había fallecido por su culpa.

—¡*No puedo!* —musitó ella. Aunque fue un susurro y su voz sonara apagada, resonó como si hubiera sido un grito desesperado. Eran palabras que habían surgido del fondo de su corazón—. *Por mucho que digas que deje de darle vueltas, es imposible, no puedo.*

—*Ya, es normal* —reconoció él.

—¿*Qué debería hacer a partir de ahora?* —preguntó de nuevo Kotoko.

Había estado sufriendo lo indecible desde el día del accidente. Se había presentado allí porque necesitaba la ayuda de su hermano. Quería que le enseñara a vivir sin él.

Al fijarse en el *nikogori* y el arroz del asiento de enfrente, vio que el vapor casi se había desvanecido. Kai no iba a traerles más platos. El tiempo que les quedaba era muy poco.

Su hermano se quedó callado un momento. Solo observaba el vapor que desaparecía en silencio. Preguntarle a alguien que ha muerto cómo seguir viviendo podía ser algo cruel.

Cuando Kotoko se preguntaba si seguiría callado, volvió a hablar:

—*Solo tengo una cosa que pedirte* —dijo tranquilo, pero con voz seria.

No parecía que fuera a contestar a su pregunta, y era lo que ella se esperaba. Se mortificaba pensando que no debía haberle preguntado aquello, que era egoísta. Conforme la comida de los recuerdos se enfriaba, la figura de su hermano se iba desdibujando. Ella se preparó para la despedida.

—¿*Qué es lo que quieres pedirme?* —lo instó.

Pero las palabras que pronunció su hermano fueron inesperadas.

—*Sube al escenario por mí.*

—*¿Cómo dices?* —le preguntó ella, porque no entendía lo que quería decir.

Su hermano se lo explicó con otras palabras:

—*Quiero que sigas actuando sobre el escenario. Quiero que seas actriz. Esa es mi última voluntad y mi respuesta a tu pregunta.*

—*¿A qué pregunta?*

—*Me has preguntado qué es lo que debes hacer a partir de ahora, ¿no? Sé actriz.*

Kotoko se había quedado perpleja. No sabía por qué le había dicho eso. Quiso preguntarle de nuevo, pero el tiempo se había acabado.

—*Bueno, parece que tengo que irme.*

Su hermano se levantó. Iba a marcharse de este mundo. Cuando se fuera, ya no iba a verlo nunca más.

*¡Espera, Yuito!*

Quiso detenerlo, pero no le salía la voz ni podía mover la boca. Su cuerpo dejó de responderle. Era como si se hubiera detenido el tiempo.

Él se dirigió a la puerta dejando atrás a Kotoko. Chibi despertó de su siesta en la mecedora, dio un saltito al suelo y trotó hasta la puerta; se sentó justo delante de ella y emitió un breve maullido, como si se estuviera despidiendo.

—*¡Mia!*

—*¡Sí, claro! ¡Hasta entonces!* —respondió él, como si entendiera el lenguaje gatuno.

Abrió la puerta del local y resonó la campanilla, que no sonaba apagada.

El exterior estaba envuelto en blanco, cubierto por la neblina matinal, y no se veían el mar, el cielo ni la arena, pero todo estaba inundado de luz. Era como estar dentro de una nube.

Él estaba a punto de irse, a punto de dejar a Kotoko atrás. Ella hizo acopio de todas sus fuerzas y movió la boca.

—¡*Yuito*!

Al fin fue capaz de hablar.

Su hermano no se volvió, pero le respondió:

—*Gracias por venir a verme. Voy a estar cuidándote, no lo dudes. Estaremos siempre juntos porque estoy dentro de ti.*

Aquellas fueron sus últimas palabras. Se fue por la puerta para volver al otro mundo, probablemente.

Después de varios segundos, de pronto Kotoko se dio cuenta de que había vuelto a su mundo.

La neblina se había disipado y el reloj antiguo seguía marcando la hora. Le parecía que todo había sido un sueño, pero Chibi estaba sentado junto a la puerta abierta. Su hermano se había ido sin cerrarla.

Sus palabras se repetían en los oídos de Kotoko.

«Sube al escenario por mí».

«Quiero que sigas actuando sobre el escenario».

«Quiero que seas actriz».

«Sé actriz».

Se lo había dicho claro. Pero ¿aquello significaba que quería que actuara en su lugar? No se le ocurría ninguna otra razón, pero había algo que no le cuadraba. Él no era alguien que impondría sus sueños a otros, y mucho menos a su hermana.

Mientras reflexionaba sobre aquello, Chibi llegó a sus pies y le maulló mirándola a la cara.

—¡Miau! —Su maullido había vuelto a la normalidad, ya no sonaba apagado. La miró fijamente y volvió a maullarle con una voz muy clara—. ¡Miaaau!

Kotoko sentía que quería decirle algo, pero ella no entendía el lenguaje de los gatos, a diferencia de su hermano. Aun así, intentó descubrir alguna pista mirando fijamente a Chibi.

—Dime, ¿por qué dijo eso Yuito?

Chibi no respondió, y oyó el sonido de unos pasos acercándose.

—Le traigo té verde para después de la comida —dijo Kai, que estaba allí de nuevo.

Era el de siempre, cortés y amable. Dejó el té sobre la mesa y se giró para marcharse a la cocina.

—Oiga... —titubeó Kotoko.

—¿Sí?

—Querría hacerle una pregunta...

—Adelante, puede preguntarme lo que necesite —respondió él.

Kai era la única persona de este mundo a la que podía preguntarle sobre aquello. Necesitaba que la ayudara a esclarecer el misterio, que le explicara por qué su hermano le había dicho eso.

—Ha aparecido Yuito, mi hermano.

Cuando acabó de contarle a Kai lo que había ocurrido, le preguntó:

—¿Por qué cree que dijo algo así?

Se hizo el silencio.

El silencio se alargó.

Pero, a ojos de Kotoko, Kai no estaba reflexionando, sino más bien considerando si estaba bien o no responderle.

Probablemente, Kai entendía los sentimientos de su hermano. Eso era lo que pensaba ella.

—Dígame lo que piense, por favor.

Al insistirle, finalmente respondió:

—Lo que voy a decirle es solo una suposición, ¿de acuerdo?

—S-sí...

Cuando vio que Kotoko asentía, Kai al fin se dispuso a desentrañar el misterio.

—Puede ser que Yuito quiera subirse al escenario una vez más —dijo Kai.

—¿Qué...? Pero eso no tiene nada que ver conmigo...

Justo cuando acababa de decir eso, las palabras de su hermano cruzaron por su mente.

«Estaremos siempre juntos porque estoy dentro de ti».

Si sus palabras eran ciertas, cuando Kotoko subiera al escenario su hermano también estaría allí con ella.

Pensó en los sentimientos de su hermano. Quizás él quería estar una vez más sobre el escenario.

No, ahora estaba segura de ello. Era natural que su última voluntad tuviera que ver con el teatro, algo por lo que hasta había dejado la universidad. Además, un simple papel de figurante no lo satisfaría. Él era el corazón de la compañía teatral. Había estado siempre en el centro del escenario.

—Volveré a unirme a la compañía —decidió Kotoko.

Pero no lo decidió solo por su hermano: ella también quería estar en el centro del escenario. Tal vez siempre había deseado dedicarse al teatro.

También era una forma de no olvidar a su hermano. Cuanto más vivía, más lejanos se volvían los días que había pasado con él. Pero si se subía al escenario, estarían siempre juntos. Iba a ser actriz, a seguir los pasos de su hermano.

Esos sentimientos de impotencia, de pensar que no valía para ello, habían desaparecido en algún momento. Quería empezar a ensayar de inmediato.

—Voy a intentar actuar otra vez.

Al oírlo, Kai le dio ánimos.

—¡Buena suerte! Chibi y yo la estaremos apoyando.

Como si estuviera de acuerdo con sus palabras, Chibi balanceó la cola de un lado a otro.

Ya eran más de las diez de la mañana, la hora del cierre. Kotoko había sido la única cliente del restaurante. Puede que no se permitiera la entrada a otros clientes si había una reserva para una comida de los recuerdos.

El precio de la comida no era barato, pero tampoco excesivo. Teniendo en cuenta que habían reservado el lugar solo para ella, era más que aceptable.

Kotoko pagó la cuenta y se inclinó ante Kai y Chibi.

—Gracias por la comida, estaba todo muy bueno.

Abrió la puerta con la campanilla tintineando y salió del restaurante. Afuera se desplegaban el cielo azul y el mar fresco. Las gaviotas caminaban aburridas por la playa y soplaba una brisa agradable.

—¡Tenga cuidado con el sombrero! —dijo Kai, que la había acompañado hasta la puerta.

Como era la hora de cerrar, puede que quisiera guardar la pizarra de la entrada.

Chibi se había quedado dentro del restaurante. No querría que Kai lo volviera a regañar por salir.

—¡Intentaré que no salga volando!

Se aseguró de que el sombrero estuviera bien encajado en la cabeza. Era el sombrero que Kai había conseguido recuperar.

Tenía ante ella el caminito de caracolas blancas. Hacía apenas una hora que se había encontrado ahí con Kai. Fue un encuentro que había cambiado su vida.

Se alegraba de haber ido a aquel pueblo costero. Estaba contenta de haber ido al restaurante Chibineko.

Estaba satisfecha, pero había una pregunta que necesitaba hacerle antes de regresar a Tokio. Se armó de valor y se lo preguntó sin rodeos:

—¿Podría volver al restaurante? Pero para disfrutar de una comida normal, no de una comida de los recuerdos —balbuceó Kotoko.

Temía que fuera a reírse de ella por querer volver desde tan lejos, pero Kai le respondió con amabilidad:

—¡Por supuesto! Siempre será bienvenida. Estamos deseando que pruebe el resto de nuestros platos.

Iba a poder ver a Kai y a Chibi de nuevo.

Le entusiasmaba saber que podría volver.

# RECETA ESPECIAL DEL
# RESTAURANTE CHIBINEKO

## Cuenco de *namero*

**Ingredientes para dos personas:**

- La cantidad que se desee de jureles, sardinas o cualquier pescado apto para hacer *sashimi*. Para dos raciones puedes hacer tres jureles.
- Jengibre, puerro, hojas de *shisho*, jengibre de *myoga* y sésamo al gusto.
- Miso y salsa de soja al gusto.
- Arroz blanco en dos cuencos.

**Preparación:**

1. Corta el pescado en dos filetes y quítales las espinas. Luego pícalos en trozos no demasiado pequeños, dando golpes con el cuchillo como si los machacaras.
2. Pica los ingredientes mencionados en el segundo punto de la misma manera que el pescado.

3. Mezcla y amasa el pescado y los otros ingredientes mientras los vuelves a picar machacándolos hasta que se vuelva como una pasta, y añade miso y salsa de soja al gusto. Con esto ya estará listo el *namero*.
4. Sirve el *namero* sobre los cuencos de arroz blanco recién hecho.

**Para tener en cuenta:**

Como es un plato casero, puedes usar el pescado y los condimentos que prefieras. Es mejor echar poca cantidad de salsa de soja al principio y añadir más después si lo ves necesario. También puedes poner un huevo cocido a baja temperatura encima del *namero* al servirlo sobre el arroz.

# EL GATO NEGRO
# Y EL SÁNDWICH
# DEL PRIMER AMOR

# HUEVOS

≡ ◆ ≡

La cría de gallinas ponedoras está creciendo en Chiba. En 2018, el número de gallinas superó los nueve millones, lo que sitúa a la prefectura en segundo lugar a nivel nacional, según aparece en la página web de Chiba.

Como las gallinas se alimentan de verduras, soja y maíz, además de pescado y algas, los huevos son más dulces y melosos, y con mejor textura. Se dice que este sabor no solo es perfecto para platos salados, también para hacer postres y helados. En la granja Mitsunaga Farm de la ciudad de Kimitsu se pueden comprar huevos exquisitos con yemas de un intenso color naranja.

Cuando acabaron las vacaciones de verano, Taiji Hashimoto entró a quinto curso de primaria.

Entre sus compañeros de curso había muchos que solo dedicaban su tiempo a jugar a videojuegos, pero él tenía otras cosas que hacer. Después de asistir al colegio, iba a una academia para clases de refuerzo. Además, tenía montones de deberes y su propio horario de estudio. Por si fuera poco, tenía pensado presentarse a los exámenes de ingreso de un instituto privado, por lo que también hacía muchos exámenes de prueba.

Como tampoco le disgustaba estudiar, no se sentía demasiado estresado; y, aunque estuviera cansado, nunca faltaba al colegio ni a la academia.

Un día llegó una alumna nueva a la academia donde estudiaba. Se llamaba Fumika Nakazato.

Cuando se presentó ante la clase dijo que acababa de mudarse. No especificó a qué colegio iba, pero eso era información personal. No se asistía a la academia de refuerzo para hacer amigos. Algunos estudiantes se unían a mitad de curso, y otros dejaban de ir de repente. Taiji no podía prestar atención a cada uno de ellos.

Hay muchas personas en el mundo, y la mayoría eran irrelevantes para él. Pensaba que Fumika sería una de ellas.

Pero ocurrió algo que no pudo ignorar. Fumika consiguió la segunda nota más alta en los primeros exámenes de la academia. Solo había una diferencia de tres puntos con respecto al primero, que era Taiji. Incluso había sacado menos nota que ella en Lengua y Ciencias Sociales. Era la primera vez que veía amenazado su primer puesto.

Ella se convirtió en la comidilla de la academia. Decían cosas como «¡Qué empollona es Fumika!». Sus buenas notas tuvieron un gran impacto en la clase. Todos le prestaban atención.

Por supuesto, Taiji también estaba intrigado. Empezó a fijarse cada vez más en ella. Su cara se parecía a la de su cantante favorita, pero no se animaba a hablarle. Aún iba al colegio y le daba vergüenza hablar con las niñas. Así pasó un mes sin que intercambiaran ni una sola palabra.

Algunos domingos también había clases de refuerzo desde por la mañana hasta primera hora de la tarde, que usaban para estudiar para los exámenes de la academia.

Tenían que llevarse una fiambrera para pasar el día, pero los padres de Taiji solían estar ocupados y no podían prepararle la comida. Él tampoco quería perder el tiempo cocinando, por lo que terminaba gastándose la paga comprando bollos y *onigiris* en la tienda de conveniencia. Había muchos niños así en la academia. Los que llevaban fiambreras con comida casera eran minoría.

Un domingo que le tocaba ir a la academia fue a la tienda de conveniencia a comprar comida para el descanso como siempre, pero se encontró con que se habían agotado sus bollos y *onigiris* preferidos.

Había platos de comida preparada, pero él comía en un banco del parque, no en el aula, así que prefería comprar algo menos engorroso.

Al final se compró galletas y un café con leche. No necesitó ni bolsa. Parecía más bien un aperitivo en vez de una comida en condiciones, pero prefería comer eso.

Cada vez que se ponía a estudiar le apetecía comer algo dulce, y era mejor llevarse algo rápido a la boca. Se dirigió con pasos rápidos al parque de siempre.

El parque estaba detrás de la academia y era frecuente que estuviera desierto. Lo único que solía verse por allí era un gato negro que consideraba el parque como su territorio, y a veces aparecía alguien de la compañía de teatro cercana para hacer ejercicios de voz. De todas las veces que había ido a comer allí, nunca se encontró con ningún compañero. Era como su rincón privado para comer.

Pero esta vez había una niña. No estaban ni el gato negro ni nadie de la compañía teatral, solo Fumika Nakazato.

Fumika, quien lo había intimidado con los resultados de los exámenes de la academia, estaba sentada en el banco con una cesta y un termo.

—Vaya rollo... —musitó él.

Se encontraba en un aprieto. En aquel parque solo había dos bancos y uno de ellos estaba roto, así que no podía sentarse. Como no se le pasó por la cabeza que pudiera haber alguien más allí, no había pensado en otra alternativa.

A Taiji no le quedaban muchas opciones, tan solo se le ocurrían tres: comer de pie en el parque, buscar otro lugar o volver al aula y comer allí.

Fumika alzó la voz mientras él seguía envuelto en la duda.

—¿No vas a comer?

—Sí, pero... —respondió, nervioso. No se esperaba que ella le hablara.

Cuando se cruzaba con niñas en el colegio o en la academia, lo habitual era que no se saludaran y hacer como si no se vieran. Él no iniciaba conversaciones, ni ellas le dirigían la palabra.

Pero Fumika le dirigió la palabra a Taiji. Mientras él permanecía callado, ella volvió a hablarle:

—¿Por qué no te sientas aquí y comes? —dijo, señalando el espacio a su lado.

Le estaba diciendo que se sentara con ella para comer. El nerviosismo de Taiji no hizo más que empeorar.

Pensó en decirle que iba a quedarse de pie, pero así solo demostraría que ella le importaba, y eso le daba rabia.

—¡Vale!

Se sentó a su lado fingiendo indiferencia, pero se arrepintió de inmediato. No había mucho espacio en el banco y estaba demasiado cerca de Fumika. Si alargaba la mano, podía tocarla. Ella invadía su espacio personal. Taiji estaba intranquilo y le preocupaba que Fumika pudiera oír los latidos de su corazón, que sonaban con fuerza.

Suele decirse que las niñas maduran antes que los niños, y en este caso parecía ser verdad por lo calmada que estaba ella. Abrió la cesta para sacar la comida, comportándose con total naturalidad.

Taiji vio sin querer que en el interior había sándwiches de huevo.

Pero eran muy diferentes a los sándwiches de huevo que conocía él. No eran los que vendían en la tienda de conveniencia.

Tal vez porque Fumika se dio cuenta de que Taiji observaba los sándwiches, le arrimó la cesta.

—Puedes servirte uno, si quieres. Creo que me han quedado bastante bien.

Taiji se sorprendió por esas palabras. Que le ofreciera un sándwich lo tomó por sorpresa, pero no podía creer la segunda frase que llegó a sus oídos.

—¿Los has hecho tú? —preguntó sin pensar.

Los sándwiches tenían demasiada buena pinta para haberlos hecho una niña pequeña.

—Sí, aunque mi madre ha preparado el relleno —respondió Fumika, con una expresión traviesa. Se notaba que estaba bromeando.

Taiji soltó una carcajada y respondió entre risas.

—¡Eso es trampa!

—Bueno, a lo mejor —respondió Fumika con seriedad, pero luego soltó una risita.

Cuando Taiji vio su sonrisa, se animó a seguir hablándole.

—¿Cómo que a lo mejor?

Era la primera vez que conversaba con una niña de esa forma, pero la risa hizo que relajara los hombros. Aunque su corazón seguía latiendo desbocado, se sentía mejor que antes.

—¿De verdad puedo agarrar uno?

—¡Claro!

—Gracias —le dijo con sinceridad.

Taiji metió la mano en la cesta y eligió un sándwich de pan elástico. Olió el aroma del pan, el huevo y la mantequilla al acercárselo a la boca.

Se comió el sándwich entero y expresó su opinión.

—¡Estaba muy bueno!

—¿De verdad? Se lo diré a mamá. Seguro que se pone contenta. ¡Muchas gracias, Taiji!

¿Por qué se alegraría la madre de Fumika? ¿Y por qué se lo había agradecido?

En ese entonces, Taiji no sabía lo que significaba todo aquello.

El descanso en la academia era corto. Después de que se terminaran los sándwiches, solo quedaban diez minutos para que comenzaran las clases por la tarde.

Fumika traía en el termo una deliciosa crema de calabaza que emanaba vapor, pero cerró la tapa y lo volvió a guardar en la cesta.

—Ya no nos queda tiempo para comer más —dijo ella, como si estuviera excusándose, y se empezó a preparar para volver a la academia.

Era cierto que, si no se iban ya, llegarían tarde.

A pesar de estar en la misma clase, Taiji no se atrevió a sugerirle que regresaran juntos. Fumika parecía sentirse igual.

—Me voy yo primero —dijo él.

—Vale —asintió ella levemente.

—Hasta luego…

Al levantarse, se acordó de la comida que había comprado, que estaba intacta.

Después de dudar unos instantes, abrió la bolsa de galletas y se la ofreció a Fumika.

—Quédate con alguna a cambio del sándwich.

Su intención era agradecerle el gesto y volver a clase después de terminarse la bolsa de galletas entre los dos.

Sin embargo, no fue como esperaba. Fumika puso cara de disgusto al mirar las galletas.

—Gracias, pero…

Ella intentó decirle algo, pero Taiji no quería escucharla. Pensó que lo estaba rechazando, que Fumika se había ofendido. Notó que le ardían las mejillas.

No estaba confesándole sus sentimientos, tan solo le ofrecía unas galletas compradas en la tienda de conveniencia y ella no quería, pero él sintió el dolor del rechazo.

Se habían sentado juntos en un banco, habían compartido risas y bromas, le había dado un sándwich. Creía que se habían acercado, que se habían hecho amigos.

Pero lo había malinterpretado todo. Solo le había ofrecido galletas y ella había puesto mala cara.

Se avergonzaba de haber pensado que era su amiga. Taiji no dijo nada más, se guardó la bolsa de las galletas en el bolsillo y salió corriendo del parque.

—¡Taiji!

Aunque oyó la voz de Fumika, no se detuvo.

—Taiji, ¿estás saliendo con Fumika?

Tan pronto como llegó a clase y se sentó, un niño llamado Tamura le hizo aquella pregunta. Había ido a propósito a su pupitre para preguntarle.

Tamura era el típico niño que saca malas notas y va a la academia solo para pasar el rato. No era que fuera un matón, pero tampoco era de fiar. Durante las clases se ponía a jugar con el móvil o a leer manga.

Le parecía un idiota. Era una pérdida de tiempo y de dinero que asistiera a la academia si no le gustaba estudiar.

En un día normal no le haría caso, pero, tal vez por haber oído el nombre de Fumika, no pudo contenerse.

—¿Por qué dices eso? —le preguntó de manera brusca.

—Hace un momento estabais sentados juntos en el banco —respondió con una sonrisa burlona.

Los habían visto.

Le dio un vuelco el corazón. Sintió que Tamura se estaba burlando de él. Entonces el recuerdo de haber sido rechazado por Fumika al ofrecerle las galletas volvió a él. Recordó su cara de desagrado.

*Ojalá hubiera aceptado alguna galleta, aunque fuera una sola.*

Ese pensamiento solo hacía que su enfado creciera y quisiera pedirle explicaciones a Fumika. Por eso hizo una mueca de fastidio y respondió a Tamura:

—No estoy saliendo con Fumika ni nada parecido. Solo estábamos sentados en el mismo banco porque no había más remedio.

Se lo explicó con claridad. Aunque había sido seco, no mentía. Pero siguieron las preguntas.

—¿Sí? ¿Pero te gusta ella o algo?

Al preguntarle de manera burlona, Taiji dijo algo innecesario y, además, alzando la voz.

—¿Cómo va a gustarme? Te lo diré claro: es fea y me cae mal. No me gusta ni hablar con ella.

En ese instante, el aula enmudeció. Algunos estudiantes miraron hacia la puerta. Allí estaba Fumika.

—¡Hala! ¡La que has liado! ¡No tenía ni idea! —dijo Tamura.

Fumika había escuchado todo lo que había dicho Taiji.

Se arrepentía de sus palabras.

No tenía que haber dicho que era fea, que le caía mal ni que no le gustaba hablar con ella. O, al menos, debería haberse disculpado con ella en el momento. Taiji se repetía aquello una y otra vez. Quería disculparse, pero fue imposible.

Fumika dejó de ir a la academia desde ese momento. Después de faltar varios días, se desapuntó de las clases.

Taiji no creía que la razón de su ausencia fuera solo por sus palabras, pero era consciente de que algo habían influido.

Quería preguntarle por qué había dejado de ir a la academia, pero no conocía su dirección, número de teléfono, correo electrónico ni su Line. La buscó en internet, pero aparecían muchas personas con su mismo nombre y apellido. Como iban a colegios distintos, no tenían conocidos en común. No encontraba la forma de ponerse en contacto con ella.

Se sentía como si tuviera un vacío en el pecho, pero no podía hablarlo con nadie, y así dejó que pasaran los días y los meses.

Por fin llegaron las vacaciones de verano. Había decidido a qué instituto privado quería ir, y las clases de repaso y los deberes crecieron de golpe en vistas de prepararse para el examen de ingreso. Hubo varios estudiantes que dejaron de ir a la academia por no poder seguir el ritmo de las clases. Entre los conocidos de Taiji que también se marcharon estaba Tamura.

No le costaba estudiar, sino que lo disfrutaba. Siguió sacando las mejores notas tanto en el colegio como en la academia. Se metían con él llamándolo «empollón», pero no le importaba. La ignorancia es muy atrevida, pensaba, y no le costaba ignorarlos. Le parecía una pérdida de tiempo hacer amigos.

Lo importante era que lo aceptaran en el instituto que quería.

Además, tenía otro objetivo más importante si cabe: aparecer en las listas de estudiantes con notas excelentes que hay en todos los institutos.

No podía saber a qué instituto iría Fumika, pero estaba seguro de que ella vería la lista. Se la imaginaba haciendo exámenes de prueba en alguna otra academia. Ella también, como era tan estudiosa, se presentaría a los exámenes de ingreso.

Por eso se presentó a muchos exámenes de práctica. Viajó en tren a sitios apartados para hacer esos exámenes. Tenía la esperanza de reencontrarse con Fumika en algún lugar.

Pero no la encontró.

Fumika no estaba en ningún lado.

No estaba en ninguna sede ni su nombre aparecía en las listas con las mejores calificaciones. A pesar de que el nombre de Taiji figuraba varias veces, no sabía si ella lo estaría viendo. Todos sus esfuerzos cayeron en saco roto.

Se había esfumado delante de él, como si jamás hubiera existido.

Se preguntaba si nunca más volvería a verla.

Aunque alguien desaparezca, la vida sigue. El tiempo no se detiene.

El verano acabó y dio paso al otoño. Mientras estudiaba, el calendario cambió al mes de noviembre casi sin darse cuenta.

Cada día era igual que el anterior, pero algunas cosas empezaron a cambiar poco a poco.

Por ejemplo, al entrar en sexto curso tuvo que ponerse a estudiar en serio para los exámenes de ingreso. Los estudiantes nuevos llenaban la academia y se dividieron las clases para la preparación de los exámenes. También comenzó la orientación para el futuro de los alumnos. A veces los padres debían acudir a esas reuniones, pero otras veces solo se reunían los estudiantes con los profesores de la academia. Esto dependía de las notas que sacaran. A los buenos estudiantes los llamaban para varias reuniones.

Ese día era el turno de Taiji. Desde el próximo año entraría en la clase más avanzada para estudiantes que aspiraran a institutos privados de prestigio. Parecía que querían confirmarlo con él. Ya había elegido instituto y no había queja con sus notas en los exámenes de práctica. Taiji no tenía nada que consultar con ningún orientador.

—Si sigues así, no tendrás problema, pero no te duermas en los laureles.

El profesor dijo las mismas palabras que en la entrevista anterior. Rondaba los cuarenta años y había estado allí desde que Taiji se inscribió en la academia.

—Vale, seguiré como hasta ahora —respondió, con la intención de cortar rápido la conversación.

No le caía mal el profesor, pero tampoco le apetecía hablar mucho con él. Quería quedarse solo cuanto antes.

Pero la entrevista no terminó ahí.

—Oye, Taiji, ¿no estás cansado? ¿Te encuentras bien?

El profesor tocó el tema principal y aparentaba estar preocupado por él.

—Estoy bien.

No mentía. Su salud era buena. Nunca se resfriaba. Solo había adelgazado por tener poco apetito.

Sus padres, preocupados, lo habían llevado al médico para una revisión, pero no encontraron nada fuera de lo normal. Lo que le dolía no era el cuerpo, sino el corazón. Desde que se había ido Fumika, sentía un dolor en el pecho. Cuando se quedaba solo, había veces que derramaba algunas lágrimas.

No tenía intención de hablar de ello con el profesor, pero fue este quien la mencionó primero.

—Bueno, debe aburrirte no tener rival en la academia —asintió a sus propias palabras—. Si estuviera Fumika, sería una muy buena rival para ti —añadió, como si se le hubiera ocurrido de pronto.

Aquello lo desconcertó. No se esperaba oír su nombre. El profesor siguió hablando sin mirar el rostro sorprendido de Taiji, como si conversara consigo mismo.

—Es desgarrador cuando fallece un niño…

—¿Eh?

No entendía lo que decía.

Se lo pensó un momento y volvió a preguntar:

—¿Quién dice que ha muerto?

Creía que el profesor había cambiado de tema, o que quizá lo había escuchado mal. Pero no era nada de eso. Seguía hablando del mismo tema, de Fumika.

—¿Acaso no lo sabías?

Aunque la cara del profesor expresaba que había dicho algo inoportuno, cuando vio la mirada inquisitiva de Taiji, se encogió de hombros y empezó a hablar.

—Hablo de Fumika. Ella falleció.

—¿Qué?

—¿No la recuerdas? Fumika Nakazato, la que se quedó en segundo lugar en los exámenes de la academia. Está muerta.

—¿Cuándo?

—Poco después de que dejara de asistir a la academia.

—P-por qué…

—Por una enfermedad. Llevaba toda la vida enferma.

Al mirar el rostro de Taiji, puede que por fin se diera cuenta de algo y empezó a hablarle de Fumika, una niña desconocida para él.

Hay niños enfermizos que no pueden ir al colegio.

Niños que no pueden ni jugar, que no pueden alejarse del hospital.

Fumika era así. Con un corazón delicado desde que nació, pasaba más tiempo ingresada que en casa. Aunque tenía mochila y libros de texto, no había ido ni un solo día al colegio.

El cuerpo humano es un misterio, y a pesar de que no había esperanzas de que se curara de la enfermedad, hubo momentos en los que se sentía bien.

En ocasiones podía hacer una vida normal como la de cualquier otra niña.

Les pidió a sus padres y médicos que, al menos en esos lapsos de tiempo, la dejaran ir al colegio.

Deseaba estudiar con más niños.

Anhelaba tener amigos.

No cesaba de rogarlo. Ansiaba asistir al colegio. Les decía que con una sola vez que fuera le bastaba.

Fumika no tenía amigos. Sus únicas conversaciones las tenía con sus padres, médicos y enfermeras.

En la planta de pediatría había demasiados niños hospitalizados, pero intentaba no interactuar con ellos. Pensaba que no soportaría la tristeza de perderlos, ya que había muchos que no se sabía cuándo iban a morir.

Sus padres la comprendían tanto que sufrían con ella. Se lamentaban de que su hija solo conociera las paredes del hospital. Querían que pudiera jugar con otros niños de su edad.

Pero ir al colegio era un riesgo demasiado grande. Su cuerpo no soportaría tener que ir cada día, y tampoco podría hacer educación física. Ni siquiera sabrían si la admitirían en algún colegio.

Entonces lo consultaron con el médico. Tras deliberarlo, decidieron que podía ir a una academia de refuerzo en vez de a un colegio. La academia era más flexible y también había muchos niños de su edad.

Se lo preguntó su padre:

—¿Qué te parece?

—Estudiar en una academia parece difícil. No sé si podré seguir el ritmo... —respondió ella con cara de angustia.

Pero a él aquello no le preocupaba.

—Ya verás que te irá bien.

Su padre la apoyaba por completo. Aunque nunca había ido al colegio, Fumika estudiaba con ahínco en casa y en el hospital. Tenía cuadernos de ejercicios y libros complementarios, e incluso estaba haciendo cursos complicados por correspondencia. Sus padres sabían que estudiaba tanto para cuando pudiera cumplir su sueño de ir a la escuela.

Al final, aunque no pudiera ir al colegio, se alegró con la idea de asistir a una academia. No iba a cumplir su sueño, pero eso le parecía más que suficiente.

—¡A ver si puedo hacer algún amigo! —les dijo a sus padres y al médico, con una mezcla de felicidad y de nerviosismo.

Les dijo que con un amigo le bastaba, alguien con quien charlar y sentarse juntos a comer.

Al ver así a Fumika, sus padres contuvieron las lágrimas; sabían que la vida de su hija no sería larga.

Después de escuchar su historia, Taiji sentía un dolor aún más intenso en el pecho. Se fue derecho a los lavabos de la academia en cuanto terminó la entrevista y se encerró en uno de los cubículos para llorar.

No se quitaba de la cabeza lo que le había contado el profesor. No paraba de imaginarse a Fumika estudiando en el hospital. Pensaba en las ganas que tenía ella de ir a la academia. Y a pesar de todo aquello, había hablado mal de ella. Le había dicho que le caía mal a una niña enferma. Había lastimado a alguien que solo quería hacer amigos. Le pedía perdón en silencio una y otra vez. Pero ya era demasiado tarde para disculparse. Fumika había muerto. Se había ido muy lejos.

—Lo siento...

Sus disculpas no la alcanzarían por mucho que quisiera. Taiji aprendió que hay cosas en la vida que son irreparables.

Ocurrió en el camino de regreso a casa.

Cuando pasó por delante del parque de detrás de la academia, ese en cuyo banco se había sentado con Fumika, oyó unas palabras extrañas, como un conjuro.

—«Para quienes lo desconocen, es como tragarse granos de pimienta o sumirse en un sueño profundo, de modo que tomaré una pastilla para enseñarles cómo funciona».

Una chica de unos veinte años estaba recitando unas líneas de la obra de kabuki *El vendedor ambulante de medicinas* para mejorar la vocalización. Como cerca del parque había un local de ensayo de una compañía de teatro, a veces sus integrantes iban a practicar allí, al aire libre.

Al lado de la chica estaba el gato negro que frecuentaba el parque. Su elegante pelaje brillaba, y era grande y esbelto. Tenía pinta de ser un macho. Su cara mostraba una expresión osada.

El gato negro se sentaba erguido y miraba a la muchacha que recitaba. Parecía que se estaba haciendo el importante, como si la estuviera examinando de la lección.

—Miaaao —maulló al ver a Taiji.

La muchacha paró de recitar y lo miró a su vez.

—¡Anda, si es Taiji!

Era Kotoko Niki, una conocida suya, vecina del barrio. Eran cercanos desde que tenía memoria, e incluso había sido su profesora de clases particulares en alguna ocasión.

Unos tres meses antes, el hermano de Kotoko había muerto en un accidente de tráfico y ella había estado bastante deprimida, pero parecía más animada. Creía haber escuchado que se había unido a la compañía para dedicarse en serio a la actuación.

Taiji se lamentó de haber interrumpido su ensayo, pero ella no mostró señal alguna de fastidio.

—¿Sales de la academia a estas horas?

—Sí.

—Estarás cansadísimo, ¿no?

—No tanto.

Al responder, miró el rostro de Kotoko y se dio cuenta de que sus rasgos se parecían un poco a los de Fumika. Solo eso hizo que se le saltaran las lágrimas y rompió a llorar.

Lloró aún más que en el baño de la academia. Se avergonzaba de estar llorando en un sitio así, pero no podía parar; tampoco podía contener sus sollozos.

Kotoko abrió los ojos de par en par. Era lógico que se sorprendiera al verlo llorar tan de repente.

—¿Qué te pasa? —le preguntó, angustiada.

—E-está muerta... —respondió él entre sollozos.

Al terminar de hablar, lloró con desconsuelo y compartió con ella su historia con Fumika.

70

Después de despedirse de Kotoko y del gato negro, Taiji dejó atrás el parque. Regresó a casa corriendo y se metió en su habitación.

Sus padres aún no habían vuelto del trabajo. Solo estaba él en casa. En la nevera habría algo para merendar, pero se encerró en su cuarto sin mirarla y se puso a buscar algo en el móvil.

El restaurante Chibineko.

Buscaba el restaurante del que le había hablado Kotoko. Estaba en Uchibo, en la prefectura de Chiba.

«¿Sabes lo que es la comida de los recuerdos?», le había preguntado Kotoko hacía poco, después de escuchar su historia.

Era la primera vez que oía algo así. Parecía algo sacado de una novela o de un manga, pero Taiji no sabía a qué se refería. Kotoko se lo explicó:

—Cuando comes la comida de los recuerdos del restaurante Chibineko, puedes oír la voz de tus seres queridos.

—¿De tus seres queridos, dices?

—Sí, así fue como oí la de mi hermano.

—¿Eh? P-pero... —titubeó. Estaba seguro de que había fallecido.

—Sí, ya no está entre nosotros, pero pude hablar con él. Nos reencontramos en el restaurante que te digo.

—¿Cómo es posible...?

No sabía qué responder y se quedó sin palabras. Kotoko continuó mientras él seguía atónito.

—Es normal que no me creas, pero todo lo que te cuento es verdad.

Sin duda, era una historia difícil de creer.

Pero Taiji creyó en ella.

Quería creer en un lugar donde poder hablar con los muertos, donde poder hablar con Fumika.

—Miao —maulló el gato negro, mirando a Taiji y a Kotoko, para después irse del parque moviendo la cola a un lado y a otro.

«Yo me voy yendo a casa».

Parecía que el gato les hubiera dicho algo así. Tal vez no fuera un gato callejero, sino uno doméstico que volvía a su hogar.

Después de despedirse del gato negro, Kotoko puso cara de haber recordado algo importante.

—Por cierto, no tienes ningún problema con los gatos, ¿no?

—¿Eh?

—Alergia o cosas así.

—N-no...

—¿Y te gustan?

—Bueno... —asintió, sin entender muy bien por qué le preguntaba todo aquello.

Nunca había tenido un gato, pero le agradaban.

Kotoko parecía aliviada con sus respuestas y sonrió.

—Menos mal.

—¿Por qué me preguntas eso?

—En el restaurante Chibineko tienen un gato.

Pensó que era como las cafeterías de gatos, sitios donde te tomas algo en compañía de los gatos a los que cuidan en el negocio, y que suelen aparecer en la televisión y en internet.

—Será mejor que vayas al restaurante con alguno de tus padres. Si no pueden ellos, podría ir yo contigo —dijo Kotoko, al terminar las explicaciones.

Aunque ella se ofreciera, Taiji no tenía intención de pedirle que lo acompañara, y tampoco quería ir con sus padres. Si iba, había decidido ir solo, en secreto.

Kotoko le dio el número de teléfono del restaurante, pero quería investigar un poco en internet antes de hacer una reserva. Necesitaba algo más de información previa.

Sin embargo, el restaurante no tenía página web ni aparecía en otras webs de reseñas de restaurantes. En su lugar, encontró una entrada de blog. Parecía ser el diario de una mujer ingresada en el hospital por alguna enfermedad. El título del blog estaba escrito con letras decorativas, como si estuvieran pintadas con tiza.

*La comida de los recuerdos del restaurante Chibineko*

En el blog había un contador de visitas en el que se veía que no recibía muchas.

Había algo que lo atraía del blog. A lo mejor era por haberse enterado de que Fumika también había estado hospitalizada, pero además era porque intuía que podía haber algo importante ahí escrito.

La autora del blog parecía ser mayor que su madre. Llegó a esa conclusión porque en una de las primeras entradas estaba escrito lo siguiente:

Mi marido desapareció hace ya unos veinte años. Se fue a pescar al mar y nunca más volvió.

Parecía que había sufrido un accidente marítimo y aún no había regresado.

Es imposible que esté vivo. Lo mejor sería olvidarme de él.
Eso es lo que me dijeron la policía y los pescadores locales,
pero no soy capaz de resignarme.

«Viviré una vida larga. No pienso morirme antes que tú».
Mi marido me dijo eso al casarnos. Me lo prometió.
Creí en sus palabras. Estaba convencida de que no se iría
primero, pero nos dejó a nuestro hijo y a mí aquí solos.

La mujer no se rindió. Abrió un restaurante para ganarse la vida. Le puso de nombre Chibineko porque tenían un gato pequeño.

Era un nombre bonito y poco común. Taiji se lo aprendió al instante. Un nombre singular para un restaurante.

Pero el negocio no salió adelante gracias al nombre, sino a la fama de su comida.

Logré sobrevivir gracias a la comida de los recuerdos: la *kagezen*.

También tuvo que buscar en internet qué era lo que significaba aquello de *kagezen*. Leyó que era una comida que se prepara en dos situaciones: para ofrecérsela a alguien que está ausente y para honrar a los difuntos durante funerales y ceremonias.

Aunque se empezara a preparar para las ausencias, hoy en día parece referirse más a menudo a la comida en memoria de los muertos. Recordaba haber visto una bandeja con *kagezen* en el funeral de un familiar.

Aparte de la comida para los clientes, la mujer preparaba *kagezen* rezando por la seguridad de su marido. Entonces empezaron a acudir clientes pidiendo que preparara *kagezen* para honrar a sus parientes y amigos fallecidos. Hay muchas personas que no solo desean recordar a los difuntos en funerales o misas budistas.

A ese servicio lo llamó «la comida de los recuerdos». Preguntaba por los recuerdos que tenían junto a los difuntos y preparaba una comida para rememorar a los seres queridos.

Ocurrió un milagro. Algo increíble.

Cada vez que ponía todo su corazón al cocinar, los recuerdos de los momentos vividos con los fallecidos cobraban vida y, a veces, podían oír sus voces. Incluso había otros que pudieron reencontrarse con ellos.

Sin embargo, todo aquello no eran más que rumores.

Yo no puedo oír ni ver nada.

Parecía ser que el milagro solo ocurría para quienes probaban la comida. Tal vez se debía a que no habían vivido esos recuerdos. Incluso la autora del blog tenía sus dudas y pensaba que podían estar tomándole el pelo.

Pero Taiji sí lo creyó. Creía en que se podía ver a los seres queridos con la comida de los recuerdos. Las personas pueden hacer que ocurran milagros, y confiaba en que iba a poder reencontrarse con Fumika.

Pero había algo que le preocupaba. Hacía tiempo que la autora no escribía ninguna entrada en el blog. La última era de hacía un mes. No sabía si su salud había empeorado por la enfermedad, o si tal vez solo se había cansado de escribir.

No encontraba ninguna pista en los textos publicados. No lo descubriría por más que pensara en ello. Pero había decidido creer y dejó de preocuparse por eso.

Taiji llamó al restaurante Chibineko. Después de tres tonos de llamada, un joven descolgó.

—Restaurante Chibineko, ¿dígame?

Tenía una voz suave. No parecía una persona a la que temer. Taiji, aliviado, le explicó su propósito.

—Me gustaría hacer una reserva para una comida de los recuerdos...

Era la primera vez que llamaba a un restaurante y nunca había pedido una reserva, por lo que estaba algo inquieto. Temía que pudieran negarle la reserva por ser un niño, pero solo era un miedo infundado porque al momento el joven le respondió: «Gracias por su interés».

Iba a poder ver a Fumika y solo pensaba en eso.

—Usted es Taiji Hashimoto, ¿verdad?

Se quedó atónito al oír su nombre.

—¿Cómo sabe quién soy?

Aún no le había pedido sus datos, pero ya sabía cómo se llamaba.

Sin embargo, no era algo de lo que extrañarse. El joven reveló el misterio sin darle mayor importancia.

—La señorita Kotoko Niki me ha hablado de usted.

Había sido Kotoko. Lo habría llamado o mandado un correo electrónico. No le pareció una insolencia, ya que gracias a ella fluyó mejor la conversación.

—Sí, soy Taiji Hashimoto.

Confirmó su nombre y la reserva. Parecía que solo abrían por la mañana, pero no le importaba. Era mucho mejor que tener que ir al anochecer.

—Gracias.

Estuvo a punto de colgar cuando el joven le preguntó algo con tono apremiante.

—Tenemos un gato en el local, ¿sería un problema para usted? ¿Les tiene alergia?

Como Kotoko ya le había hablado del tema, le respondió con serenidad.

—Para nada, no me importa.

De este modo, se decidió que iría el próximo domingo.

Llegó el domingo.

Había pensado en avisar a Kotoko, pero al final se fue solo. Creía que debía ir sin nadie.

—Hoy tengo otro examen de prueba.

Taiji mintió a sus padres. Era verdad que había un examen de prueba, pero no iba a hacerlo.

Sus padres no dudaron de él. Confiaban en Taiji.

—Vaya. ¡Mucha suerte!

Después de los ánimos, le dieron dinero para el tren y para comer. Pero con eso no tenía suficiente. Chiba estaba más lejos que la sede del examen y la comida iba a ser más cara. Metió sus ahorros en la cartera y salió de casa.

Su destino era un pueblo costero en la prefectura de Chiba, a una hora y media de la estación de Tokio. Había estudiado cómo llegar con el móvil. Le parecía un juego de niños comparado con el metro de la capital.

La estación de Tokio estaba abarrotada, pero logró tomar el tren correcto sin perderse. Para su sorpresa, estaba casi vacío y pudo sentarse en el extremo de un asiento largo.

Pensó en seguir leyendo el blog en el móvil, pero temía quedarse sin batería y decidió no hacerlo. Podía ser peligroso no poder usar el móvil en un lugar desconocido. Se adormeció allí sentado. Había dormido mal esa noche, puede que por los nervios de ver a Fumika.

Mientras cabeceaba, llegó a la estación de destino. El vagón se había quedado desierto en algún momento. Se habían bajado todos menos él.

Se bajó del tren y se quedó parado en el andén, pero no le llegaba la brisa marina. Aunque se suponía que había llegado a un pueblo costero, no veía el mar por ninguna parte.

Temía haberse equivocado de parada, pero volvió a comprobar el nombre de la estación y era la correcta.

—Espero que este sea el sitio... —murmuró para sí.

Salió de la estación para dirigirse a la parada de autobús. Como estaba justo delante de la estación, la pudo encontrar rápido.

El autobús llegó puntual. Era un vehículo antiguo que no aceptaba tarjeta, así que se alegró de llevar monedas encima.

Al subirse, vio que solo había una pareja de ancianos.

Se oyó el anuncio de la siguiente parada y el autobús empezó a moverse. Después de cinco minutos paró en un hospital grande y los ancianos se bajaron allí. Taiji era el único pasajero que quedaba.

Pero no tuvo que esperar mucho para llegar a su parada, que fue la cuarta. Era la primera vez que pagaba con monedas al salir del autobús y eso lo puso un poco nervioso.

Había llegado lejos, pero el restaurante estaba más adelante. Según el mapa de la aplicación de su móvil, tenía que caminar unos quince minutos más.

Si hubiera estado en mitad de la ciudad, sí le habría preocupado perderse, pero estaba relajado porque tenía un punto de referencia fácil de reconocer.

El agua corría por el río Koito, que desembocaba en la bahía de Tokio. Si lo seguía, llegaría al mar, y allí en la playa estaba el restaurante Chibineko, donde preparaban la comida de los recuerdos.

—Solo un poco más —dijo Taiji en voz alta.

No había nadie más aparte de él, así que no temía que se rieran de él por hablar solo.

—Solo un poco más y podré verte.

Iba a poder ver a Fumika. Le dolía el pecho como si se le oprimiera, pero lo ignoró y siguió caminando a lo largo del río. Era cierto que el mar estaba cerca. Solo tuvo que andar cinco minutos para verlo. En ese instante, oyó un sonido que parecía emitir algún animal.

—¡Miaaao, miaaao!

Se preguntó si habría algún gato por allí, pero los maullidos venían de arriba. Alzó la vista y vio a unos pájaros volando.

—¿Gaviotas? —musitó, confuso.

No sabía qué sonido hacían las gaviotas.

Se detuvo y buscó más información sobre ellas en el móvil.

Gaviota colinegra o japonesa (*Larus crassirostris*): un ave marina de la familia de las gaviotas que vive en las costas de Japón. Su cuerpo es blanco y su manto y alas son de un gris oscuro azulado. Su canto se parece al maullido de los gatos.

No le quedó clara la diferencia con la gaviota común y se metió en otras webs. Se parecían mucho, pero leyó que se diferencian en el canto, ya que las comunes hacen un sonido parecido a «ac-ac» al graznar.

El color del pico también es distinto. Las gaviotas comunes tienen el pico amarillo, pero el de las colinegras es amarillo con la punta negra y roja. Pudo ver fotos de ambas y logró apreciar mejor la diferencia al compararlas.

—Anda, así que las de este pueblo son colinegras —murmuró.

Se guardó el móvil en el bolsillo y siguió su camino bordeando el río.

Le pareció que era un pueblo tranquilo. El camino a lo largo del río hacía las veces de dique, y a un lado había una hilera de casas tradicionales, aunque no había rastro de gente. Tampoco pasaban coches. Lo único que oía era el canto de las gaviotas que tanto se parecía a los maullidos.

Mientras caminaba, el río llegaba a su fin y se abría al mar. Ya percibía su olor característico y el murmullo de las olas. El canto de las gaviotas se multiplicó.

—¡Vaya!

Una playa desierta se extendía ante él.

—¡Una playa solo para mí!

Para Taiji, que había nacido y crecido en Tokio, estar frente a una playa tan amplia era una rareza. Caminó por la arena sin más pisadas que las suyas. Después de un rato llegó a un caminito blanco. Tal blancura se debía a las caracolas marinas esparcidas en él.

—¿Se podrán pisar? —musitó, sin dirigir la pregunta a nadie en particular.

La blancura del camino lo asombró, pero era por donde el mapa le marcaba que debía seguir.

No se había equivocado de ruta.

Anduvo con pasos tímidos por el borde. Entonces avistó algo que parecía ser un edificio.

Por fin había llegado.

Probablemente, aquel sitio era el restaurante Chibineko.

Taiji se apresuró a llegar al lugar.

No tenía ningún letrero, pero al lado de la entrada había una pizarra pequeña. En ella leyó algo escrito con tiza:

Restaurante Chibineko

Hacemos la comida de los recuerdos

Además, escrito en letra más pequeña, junto al dibujo de un gatito adorable, avisaban de que también había un gato en el local.

—No sé si entrar ya...

Nunca había estado en un sitio con ese ambiente tan adulto. Era diferente a las cadenas de restaurantes familiares o de comida rápida. Sentía que los niños no debían entrar solos. Él mismo había decidido ir sin compañía, pero le resultaba difícil entrar por ser un mero estudiante de primaria.

—A ver...

Quería ganar tiempo porque no se atrevía a abrir la puerta.

Mientras dudaba frente a ella, oyó una vocecilla que procedía de detrás de la pizarra.

—¡Miaaau!

Esta vez no era una gaviota. Al asomarse, vio a un gatito blanco con manchas marrones. Estaba sentado ahí detrás, como si se escondiera para observar a Taiji.

¿Sería el gato del restaurante?

Pudo saber de un vistazo que era macho, y se le notaba en la carita que era travieso. Justo cuando iba a decirle algo, sonó la campanilla de la puerta. De ella salió un joven.

Llevaba puestas unas gafas que parecían más bien femeninas, pero su rostro era tan cautivador como los de los famosos que aparecen en televisión. Era un muchacho apuesto y agradable.

Miró a Taiji y después al gato.

—¿Usted es Taiji Hashimoto?

Hablaba con voz suave y tono respetuoso. Le sonaba aquella voz. Era la del joven que lo había atendido al teléfono cuando hizo la reserva.

—¡S-sí!

Cuando Taiji respondió, el muchacho hizo una reverencia.

—¡Muchas gracias por visitar el restaurante Chibineko! Yo soy Kai Fukuchi, encantado.

Sintió alivio al ver que no lo echaba con brusquedad, pero hablar con adultos lo incomodaba. Además, acababa de conocerlo y nadie le había hablado antes con tanta cortesía.

—Bueno... verá...

Se quedó sin palabras de repente, pero Kai no se burló de él.

—Ya está todo listo. Pase, por favor.

Volvió a sonar la campanilla al abrir la puerta para que entrara. Su amabilidad era tal que parecía un mayordomo sacado de los mangas.

Taiji intentó darle las gracias, pero alguien se le adelantó.

—Miauuu.

El que respondió fue el gatito. Miraba a Kai mientras maullaba en tono caprichoso.

Su comportamiento adorable hizo sonreír a Taiji, pero Kai no esbozó sonrisa alguna.

—No vuelvas a salir, ¿entendido? —le dijo al gato, como regañándolo.

Incluso a él le hablaba con delicadeza. La forma de hablar de Kotoko, quien le había comentado sobre el restaurante, también era respetuosa, pero Kai estaba a otro nivel.

—Mrrriau.

El gatito asintió y entró al local con la cola erguida como si fuera el dueño del negocio. No parecía que le afectara la regañina.

Kai suspiró y se inclinó ante Taiji.

—Es Chibi, el gato del dibujo de la pizarra. Siento las molestias.

—N-no se preocupe...

—Bienvenido al restaurante Chibineko. Adelante, por favor —dijo Kai, como si intentara volver a empezar desde el principio.

—¡Con permiso! —respondió Taiji de la manera más educada que supo, y siguió a Chibi al interior del restaurante.

Lo primero que le llamó la atención fue una gran ventana. Era como la puerta de cristal de un balcón, tan grande que podría pasar una persona adulta por ella.

Al otro lado se encontraba el mar con las gaviotas sobrevolándolo. En la playa seguía sin haber ni un alma, tal vez por no estar en temporada de baño o por ser muy temprano. El murmullo del oleaje era placentero.

Dentro del restaurante también había tranquilidad y Taiji era el único cliente. En un rincón había un reloj de abuelo que hacía tic, tac, tic, tac.

Al lado del reloj había una mecedora donde Chibi yacía enroscado. Debía de ser su lugar favorito porque dormía plácidamente.

El único empleado parecía ser Kai. La autora del blog no estaba. Kai llevó a Taiji a su asiento.

—La comida estará pronto. Espere un momento, por favor —dijo, y se metió en la cocina.

Allí no había televisión ni nada con lo que entretenerse, pero Taiji no veía apropiado ponerse a mirar el móvil. Observaba a Chibi durmiendo y contemplaba el paisaje a través de la ventana.

Kai salió de la cocina a los diez minutos.

—Gracias por su paciencia.

Traía dos bandejas con sándwiches y crema.

Colocó la comida en la mesa y luego preguntó:

—¿Esto es lo que pidió?

Taiji volvió a mirar la comida. El sándwich no tenía jamón york ni queso, solo huevo. Pero no era el típico sándwich con ensalada de huevo cocido. Kai le explicó en qué consistía la comida.

—Sándwich de tortilla y crema de calabaza.

Eso era justo lo que estaba comiendo Fumika en el parque aquella vez. El sándwich estaba relleno de tortilla dulce, y de la crema de calabaza emanaba un aroma dulzón.

Chibi, atraído por el olor, abrió los ojos y movió la nariz al olisquear.

—¡Miau! ¡Miau!

Maullaba como si estuviera pidiendo algo. Dicen que tanto a los niños como a los gatos pequeños les gustan los dulces, así que tal vez quería comer un poco de tortilla o de crema.

—Está todo correcto.

—Que disfrute de la comida.

—¡G-gracias!

Taiji fue a agarrar su sándwich.

—¡Miaaau!

Oyó un maullido a sus pies. Bajó la vista y vio a Chibi, que se había acercado en algún momento.

Era evidente que quería probar el sándwich, pero lo mejor era no darle comida para personas.

—Lo siento.

Se disculpó con el gato y tomó el sándwich.

La tortilla del relleno tenía un grosor de unos cinco centímetros y parecía consistente. Aún estaba caliente. La habrían hecho teniendo en cuenta la hora a la que llegaba Taiji.

No sabía que existían los sándwiches de tortilla dulce hasta que Fumika le ofreció uno, pero los buscó en internet y eran bastante populares.

Según pudo leer, los habían inventado en la confitería de larga tradición Amanoya. Aparecieron en programas de televisión y en revistas, y de ahí se extendieron a los hogares japoneses.

La mente de Taiji se inundó con el recuerdo de aquel momento. Fumika estaba sentada en el banco del parque con una cesta encima de las rodillas.

La comida de los recuerdos.

Podría ver a Fumika si se comía ese sándwich. Su corazón comenzó a latir más rápido. Se sintió ansioso por verla, como si quisiera huir cuanto antes de ese lugar.

—¡Miau!

Chibi le maulló como si lo instara a que se lo comiera. Creyó entender que le decía que se lo comiera antes de que se enfriara.

—Sí, voy.

Con una sensación de inquietud, mordió el sándwich. Al masticar, el sabor dulce y apetitoso del pan invadió toda su boca.

El buen sabor del pan se debía al tostado de las rebanadas. Además, tenían mantequilla untada. Solo por el olor ya podía adivinarse que estaba delicioso.

Dio otro bocado y llegó al relleno. Era una tortilla dulce de huevo cocinada con caldo *dashi*, a la que le habían añadido una cantidad generosa de mostaza y mayonesa.

El aroma a mantequilla, el tostado del pan, el dulzor suave de la tortilla… La mostaza y la mayonesa lo realzaban todo. La tortilla, más gruesa que las rebanadas de pan, era delicada y tierna y daba la sensación de fundirse en la boca.

Le gustó mucho, e incluso le pareció lo más delicioso que había comido desde que se fuera Fumika.

Sin embargo, no siguió probándolo. Estaba decepcionado. Dejó el sándwich en el plato y se dirigió a Kai.

—No era así.

Era diferente al que le dio Fumika aquel día. A primera vista eran idénticos y el sabor de la tortilla era parecido, pero notaba algo distinto. Se dio cuenta con solo un par de bocados. La prueba era que no podía oír la voz de Fumika; tampoco había aparecido ante él. Esa no era la comida de los recuerdos.

—Miau…

Chibi maulló con una carita que parecía de desilusión, pero la expresión de Kai no cambió ni un ápice, sino que permaneció sereno.

A los adultos les cuesta reconocer sus errores y tratan de quedar por encima de los niños, por lo que esperaba que Kai le dijera algo, pero no lo rebatió.

—Ya veo —musitó Kai, como si hablara consigo mismo.

Sonaba como si estuviera convencido de que algo fallaba.

¿Qué era lo que pasaba? Taiji iba a preguntarle, pero Kai fue más rápido.

—Le ruego que me disculpe. Espere un momento, por favor.

Hizo una reverencia y, sin esperar la respuesta de Taiji, volvió a la cocina. Chibi lo siguió con la mirada. Sus orejas se movían con movimientos sutiles, como si se preguntara qué pasaba.

Taiji también se lo preguntaba. Pensó que Kai podía haberse ofendido por que un niño criticara su comida, pero no había dado señales de ello, sino que siguió tratándolo con respeto. Era un muchacho apuesto que se dirigía a las personas y a los gatos con cortesía.

—Tu dueño es un poco raro, ¿no? —le preguntó al gatito.

—¡Miaaa! —respondió, asintiendo.

Antes también le había parecido que Chibi entendía las palabras de las personas. Se podía mantener una conversación con él. El gato también era peculiar.

Kai regresó unos diez minutos después. Colocó en la mesa la comida que traía y habló como si no hubiera pasado nada.

—Aquí tiene.

—¿Y esto qué es?

Se le agudizó la voz. Estaba molesto. Miró con el ceño fruncido el sándwich de tortilla y la crema de calabaza nuevos, y protestó:

—¿No es lo mismo de antes?

«No era así».

Creía habérselo dicho con claridad, pero Kai le había traído lo mismo.

—Es una comida distinta.

—¿Cómo?

—Se dará cuenta en cuanto lo pruebe, pero lo más probable es que este sándwich sea la verdadera comida de los recuerdos —dijo con determinación.

Taiji no entendía que le dijera eso después de haberle traído la misma comida.

Pensó que tal vez Kai intentaba engañarlo por ser solo un niño, pero había hablado con expresión seria. Aunque acabara de conocerlo, no le parecía que fuera capaz de mentir a un niño.

—¡Miau!

Chibi asintió como si le hubiera leído el pensamiento a Taiji y estuviera de acuerdo con él. Sentía que le pedía que creyera a Kai.

«Ya no está entre nosotros, pero pude hablar con él».

Eso le había dicho Kotoko. La conocía desde siempre y no era una persona que mintiera. Había confiado en sus palabras hasta ahora y decidió creer en ellas hasta el final.

Volvió a observar el sándwich nuevo. Por más que lo mirara, no apreciaba diferencia alguna con el anterior. Eran idénticos. Aun así, decidió probarlo.

—A ver qué tal… —murmuró, y agarró el sándwich—. ¿Qué?… —alzó la voz.

Era diferente al sándwich de antes. Pesaba más y la sensación al tocarlo también era distinta. Era tan elástico que parecía como si rebotara en sus dedos.

—¿Y esto…?

Miró a Kai buscando una explicación, pero solamente le dijo:

—Coma antes de que se enfríe.

¿Le estaba diciendo de nuevo que lo entendería al probarlo? Desde luego, iba a ser más rápido que escuchar explicaciones.

—V-vale…

Asintió y se llevó el sándwich a la boca. Entonces lo mordió y logró comprenderlo todo.

Era el mismo sándwich que aquella vez.

El que le había ofrecido Fumika.

Su cuerpo lo recordaba muy bien.

Las palabras que dijo Fumika y que en aquel momento se le quedaron grabadas en la memoria resonaban en sus oídos.

«¿No vas a comer? Puedes servirte uno, si quieres. Creo que me han quedado bastante bien».

Sentía calor detrás de los párpados. Estaba a punto de llorar, pero le avergonzaba hacerlo delante de Kai, al que acababa de conocer.

Dejó el sándwich en el plato y se frotó los ojos bruscamente con la manga. Después de hacerlo varias veces, consiguió contener las lágrimas y alzó la cara. Su visión estaba borrosa.

—¿Eh?

Al principio pensó que se había frotado los ojos con demasiada fuerza. Parpadeó varias veces, pero seguía viendo igual de borroso.

Miró a su alrededor y se dio cuenta de que el mundo había cambiado. El ambiente no era el mismo de antes. Había entrado neblina matinal en el restaurante y le daba la sensación de encontrarse dentro de una nube.

Pero eso no era lo único extraño. Kai, que hasta hacía un momento estaba junto a la mesa, había desaparecido, al igual que el murmullo del oleaje, el canto de las gaviotas y el tictac del reloj antiguo. Miró a este último y sus manecillas se habían detenido. ¿Se habría estropeado?

Más que sentirse aturdido, Taiji pensó que se había quedado solo en el mundo.

¿Qué haría a partir de ahora?

Justo cuando comenzaba a desesperarse, oyó un maullido a sus pies.

—*Miaaau.*

Era Chibi, que se asomaba desde sus pies para verle la cara. No estaba solo. Chibi también estaba allí, a su lado.

Se tranquilizó, pero su maullido le pareció raro, como apagado.

—*Tienes la voz rara... ¿Qué...?*

Para su sorpresa, su voz también sonaba apagada. No se debía a sus oídos o a su garganta, sino a que estaba ocurriendo algo extraño.

—*¿Qué está pasando?* —musitó.

Se metió la mano en el bolsillo para buscar el móvil. Puede que en las noticias o en las redes sociales dijeran algo de lo que ocurría.

Sin embargo, el móvil estaba apagado y no se encendía. Se había quedado sin batería.

—*No puede ser...*

Se sentía apartado del mundo, más desamparado que nunca, y miró a Chibi buscando consuelo.

El gato permanecía tranquilo.

—*Miaaau.*

Le maulló a Taiji y trotó hacia la puerta.

¿Acaso quería salir a la playa? Al mirar por la ventana, vio que fuera todo estaba aún más blanco que dentro del restaurante. Más que neblina, parecía que se estuviera creando humo con hielo seco. Sintió que era mejor no salir.

—*¡Ten cuidado!*

Justo cuando iba a levantarse para ir a por Chibi, sonó la campanilla de la puerta y esta se abrió. Por ella entró una persona de corta estatura. Era una niña.

—*¡Miaaau!*

Chibi maulló como si le estuviera dando la bienvenida. Había trotado hasta la puerta por esa razón.

—*Gracias* —le respondió la niña al gatito.

Su voz también sonaba apagada, pero era una voz que Taiji conocía, al igual que su rostro. En cuanto entró al restaurante, Taiji supo quién era.

*Llevaba mucho tiempo deseando verte.*

*Al fin te he encontrado.*

Tales palabras vinieron a su mente, pero estaba tan sorprendido que no pudo articularlas. Él creía en los milagros, pero ver uno ocurrir ante sus ojos lo había dejado sin habla. Se quedó petrificado en la silla.

Mientras él permanecía paralizado, la niña le dirigió la palabra:

—*¡Cuánto tiempo, Taiji!*

Esa niña era Fumika Nakazato. La niña que había muerto a causa de una enfermedad apareció en el restaurante Chibineko.

Aunque su silueta estaba un poco desdibujada, era la verdadera Fumika. Su voz y su cara eran las mismas que cuando vivía.

—*Gracias por venir a verme* —dijo ella.

Taiji no fue capaz de responderle. A pesar de que había ido hasta allí para verla, no estaba preparado mentalmente.

—*¡Miaaa!*

Chibi maulló a Taiji como si le estuviera dando ánimos. Entonces volvió a trotar, pero esta vez para dirigirse a la mecedora contigua al reloj. Sí que era su lugar favorito, al parecer.

—*¿Puedo sentarme?* —preguntó Fumika.

En algún momento se había colocado al lado de la silla que había delante de Taiji, al otro lado de la mesa, con su ración de la comida de los recuerdos.

—*¡C-claro! Ese es tu asiento.*

Taiji pudo responderle, pero notaba la garganta reseca y no podía hablar con fluidez, como si se le atragantaran las palabras.

—*Cierto, es mi asiento. Has pedido comida para mí, ¿no?*

—*Creo que sí…*

—*Te lo agradezco.*

Fumika retiró la silla y se sentó mientras observaba el sándwich y la crema de calabaza, y dijo:

—*Comamos antes de que se enfríe.*

—*Sí.*

Taiji se llevó el sándwich a la boca. Se había enfriado un poco, pero seguía caliente. El sabor tampoco había cambiado, puede que gracias a la generosa cantidad de mantequilla.

El pan todavía mantenía su aroma a tostado.

De repente, sintió una mirada sobre él. Miró al frente y vio a Fumika observándolo. Aunque le había dicho que comieran, no había tocado la comida. Tan solo estaba ahí sentada, inmóvil. Le pareció extraño y le preguntó:

—*¿Tú no comes?*

—*Ya estoy comiendo.*

—*¿Cómo dices?*

—*Me alimento del vapor.*

—*¿El vapor es tu comida?*

—*Es el olor, más bien. Cuando morimos, no podemos alimentarnos de comida terrenal.*

Entonces ella le explicó que por eso se ofrecen varillas de incienso en los altares budistas y en las tumbas. El humo del incienso es la comida para los muertos, algo que Taiji desconocía.

—*Anda…*

—*Cuando la comida se enfría, no podemos percibir el olor. Por eso solo puedo quedarme aquí hasta que la comida esté fría.*

—*¿Qué? E-eso quiere decir que… ¿desaparecerás?*

—*Más que desaparecer, significa que volveré al otro mundo.*

En otras palabras, el tiempo que podía permanecer junto a Taiji era limitado.

—*¿Podremos volver a vernos?*

—*Creo que no. Me parece que esta es la única oportunidad que tenemos.*

—*Solo una vez…*

Impactado, volvió a mirar la comida de los recuerdos. El sándwich ya no estaba tan caliente como para emitir el vapor del principio.

Tocó el cuenco de crema y lo notó caliente, pero no quedaba mucho para que se enfriara del todo. Los días seguían siendo cálidos, pero pronto sería noviembre.

El tiempo corría deprisa y, si vacilaba, ese momento también se acabaría y pasaría a formar parte del pasado. No se repetiría. Era una oportunidad única en la vida, al igual que solo tenemos una vida. Todo debe llegar a su fin.

No quería separarse de ella sin haberle dicho nada.

Ya tenía bastantes remordimientos.

No deseaba vivir lamentándose.

Por eso fue capaz de hablarle.

—*Perdona por decir algo horrible el día que me diste el sándwich.*

Por fin había podido disculparse con Fumika, pero no había terminado. Necesitaba hablarle de sus sentimientos y había ido al restaurante para eso, para confesárselo todo.

Taiji, haciendo acopio de valor, iba a declararse por primera vez en su vida.

—*Todo lo que dije fue mentira. No era verdad que me cayeras mal.*

Se le quebraba la voz por los nervios. El corazón le latía tan rápido que le costaba respirar. No era capaz de mirar a Fumika de la vergüenza que sentía.

Aun así, Taiji no se rindió. Le confesó lo que se había estado guardando todo ese tiempo.

—*Me gustabas. Siempre me has gustado. Incluso ahora me sigues gustando.*

La quería más que a nadie.

La quería muchísimo.

Había logrado hablarle de sus sentimientos.

Pero aún le quedaba oír su respuesta.

Temeroso, miró el rostro de Fumika.

Ella estaba llorando.

—*Perdona por llorar tan de repente. Estoy bien, tranquilo, no te preocupes.*

»*No tienes que disculparte por nada. Escucha lo que voy a decirte.*

*»Verás…*

*»Me impactó mucho oírte decir que te caía mal. Me puse muy triste.*

*»En la academia hice como si nada, pero cuando llegué a casa me harté de llorar.*

*»Mamá se preocupó mucho por mí. Pensó que me había puesto peor de la enfermedad o algo así.*

*»Entonces, como no quería que ella también lo pasara mal, le conté la verdad.*

*»Le conté que tú habías dicho que te caía mal, y que por eso estaba tan triste.*

Fumika se detuvo.

Sus ojos seguían húmedos, pero había dejado de llorar. Continuó hablando mientras miraba el rostro de Taiji. Ahora era ella la que iba a declararse.

—*Mi madre se echó a reír.*

*»Decía que te había malinterpretado.*

*»Que si alguien me decía que le caía mal, eso significaba que le gustaba.*

*»Que lo más probable era que yo te gustara.*

*»Aquello me hizo muy feliz.*

*»Sabía que no iba a vivir mucho. Los médicos no me habían dicho nada, pero son cosas que se saben.*

*»No iba a llegar a ser adulta, y pensaba que no me enamoraría de nadie ni nadie se enamoraría de mí.*

*»Creía que solo iba a estar en este mundo unos pocos años y luego me moriría.*

*»Sentía que no merecía la pena haber nacido.*

*»A decir verdad, alguna vez pensé en suicidarme.*

*»Prefería morir antes de ponerme peor, de tener que sufrir más, de causarles más problemas a papá y a mamá.*

»Pero, antes de eso, quería ir al cole aunque solo fuera una vez.

»Ser una alumna de primaria normal. Estudiar y comer con mis compañeros de clase.

»También deseaba hacer amigos, aunque ya me había rendido porque lo veía imposible por mi enfermedad.

»Cuando se está enfermo, tendemos a rendirnos fácilmente, aunque suene egoísta. Supongo que es inevitable.

»No pude ir al cole al final, pero pude ir a la academia. Ahí fue donde te conocí.

»Y bueno…

»Voy a decírtelo porque es la última vez que nos veremos, pero tú también me gustabas, Taiji. Me gustaste desde el principio. Eres inteligente, amable y guapo. Has sido mi primer amor.

»Por eso me alegró tanto que mamá dijera que te gustaba. Enamorarse de alguien y ser correspondido es la mayor felicidad, ¿verdad?

»Voy a confesarte algo más: tenía pensado regalarte chocolate para San Valentín.

»Iba a decirte que me gustabas.

»Pensaba declararme.

»Pero no pude.

»Antes de que pudiera decirte nada, me dio un dolor muy fuerte en el pecho y me desmayé, así que llamaron a una ambulancia.

»Morí en el hospital.

»Me morí antes de volver a hablar contigo.

»Qué mala pata, ¿verdad? Podríamos haber sido novios…

Las lágrimas comenzaron a derramarse de los ojos de Taiji.

Sintió algo punzante detrás de la nariz y se le escapó un sollozo. Intentó contenerse, pero fue inútil. Se deshizo en llanto. No podía detener las lágrimas ni los sollozos. Era un tiempo precioso el que pasaba con Fumika, pero también uno muy doloroso.

Aun así, la que más estaba sufriendo debía ser ella, que estaba muerta, y no él, que vivía. Estaba convencido de que había sufrido mucho más que él. Se secó las lágrimas con el dorso de la mano, se tragó el nudo en la garganta y se obligó a parar de llorar.

*No llores.*

*No llores.*

*No llores.*

Se lo repetía una y otra vez, intentando ahogar los sollozos y contener las lágrimas. Quería decirle cosas bonitas a Fumika, que lo suyo era un amor correspondido, pero ella frustró sus esfuerzos.

—*Oye, esta sería nuestra primera cita, ¿no?*

Taiji fue incapaz de contenerse más y estalló en llanto. Aunque lloraba cubriéndose el rostro con ambas manos, asentía a la pregunta de Fumika. Asentía sin parar. Era la primera y la última cita que tendría con ella.

Estaba tan triste que creía que se le iba a romper el corazón, pero no podía seguir llorando eternamente. El tiempo que les quedaba para conversar se estaba acabando. Fumika desaparecería de este mundo en cuanto se enfriara la crema de calabaza. Solo les quedaban unos pocos minutos.

Puede que ella estuviera pensando lo mismo. Esperó a que Taiji se calmara un poco antes de seguir hablando.

—*Dime, Taiji, ¿qué quieres ser de mayor?*

—*P-pues… me gustaría ser médico* —respondió él.

Iba a presentarse a los exámenes de secundaria para poder seguir estudiando y entrar en la carrera de Medicina de alguna universidad pública.

Era la primera vez que le contaba a alguien su sueño. No se lo había mencionado ni a sus padres ni al profesor de la academia. Pensaba que, si de verdad quería cumplir su sueño, era mejor no contárselo a nadie.

Cuanto más grande y difícil de alcanzar sea un sueño, más gente te desalienta. Hay personas que te niegan los sueños, que incluso se burlan de ellos. Es una pérdida de tiempo tratar con esa gente.

Pero él se lo había contado a Fumika. Le pareció que podía confiar en ella y, además, le apetecía hablarlo con ella.

—¡Estoy segura de que lo conseguirás!

Fumika no se reía de él, sino que asentía con expresión seria.

—¿Quieres ser médico para curar a las personas que sufren enfermedades?

—Sí.

Ese era su verdadero sueño. Le daba igual no entrar a una universidad importante, lo que él quería era curar a todas las personas que fuera posible.

Mientras asentía a la pregunta de Fumika, de repente pensó que, si hubiera nacido veinte años antes, podría haber curado su enfermedad. No habría podido enamorarse de ella, pero eso no le importaba.

Si los dioses existieran y pudiera pedirles algo, sería volver a nacer veinte años antes. Así habría podido curarla; la habría salvado. Quería que ella viviera.

Las lágrimas que tanto le costó contener amenazaban con volver a derramarse. En ese instante, oyó un maullido de Chibi desde la mecedora, donde creía que seguía durmiendo.

—¡Miaaau!

Sintió que le decía que no era el momento para llantos. Miró a la mesa y se fijó en que la crema ya casi estaba fría. Se acercaba el final de ese momento mágico.

Fumika, mirando el vapor que estaba a punto de extinguirse, comenzó a decir sus últimas palabras.

—*¿Quieres que te cuente cuál es mi sueño? Antes de morirme, claro.*

—*S-sí...*

Taiji asintió, pero pensaba que era cruel hablar de ello.

—*Yo... quería casarme. Quería ser una buena mamá, como mi madre.*

Taiji se imaginó a una Fumika adulta preparando sándwiches de tortilla para sus hijos. Se le dibujó una sonrisa en el rostro.

—*Pero ya no podré. Es imposible.*

Se había detenido el tiempo para ella. No podría crecer ni casarse. Siempre sería una niña de quinto de primaria.

La imagen que había surgido en su mente de una Fumika adulta se desvaneció lentamente. Su sueño nunca se haría realidad.

—*Por eso* —continuó Fumika—, *desde ahora mi sueño es que tú seas médico. ¿Te parece bien?*

Taiji iba a decirle que estaba de acuerdo, pero fue demasiado tarde. Antes de darse cuenta, Fumika desapareció.

Entró en pánico y tocó el cuenco de crema, pero se había enfriado por completo. Ya no despedía vapor. Supo entonces que el tiempo con Fumika había terminado.

En ese instante, oyó unas palabras de despedida.

—*Debo irme. Gracias por venir a verme y por hablar conmigo. Adiós.*

Aunque no podía ver a Fumika, sabía que se estaría despidiendo con la mano. Le parecía curioso saberlo tan bien.

Sentía una inmensa tristeza. Iba a romper en llanto de nuevo, pero apretó los dientes y se contuvo. Forzó una sonrisa y se despidió con la mano en la dirección en que había oído su voz.

—¡Adiós!

Pudo despedirse sin llorar. Pudo decirle adiós a su primer amor, a su querida Fumika.

Chibi dio un saltito de la mecedora y se apresuró a la puerta. Maulló a la nada. Se estaba despidiendo.

La campanilla sonó, la puerta se abrió y luego se cerró. Taiji y Chibi vieron aquello. Se quedaron mirando a la puerta un rato.

Fumika ya no estaba allí. Se había marchado a un lugar inalcanzable. Eso era lo único que sabía.

Cuando Fumika desapareció, el mundo volvió a la normalidad.

La neblina matinal se disipó y el reloj volvió a marcar el tiempo. Se podía oír el murmullo del oleaje y el canto de las gaviotas. Chibi, que hasta hacía un momento estaba junto a la puerta, regresó a su mecedora.

Taiji se tocó las mejillas y las lágrimas se habían secado. Aunque debía haber llorado a mares, no había rastro de lágrimas.

¿Acaso lo había soñado?

Se dice que, incluso estando despierto, uno puede soñar. A lo mejor solo había tenido un sueño conveniente para él.

Aun así, se alegraba.

Se alegraba de haber visto a Fumika, aunque fuera en un sueño.

En el asiento de delante estaban el sándwich y la crema de calabaza. Era la comida de los recuerdos de Fumika. Ella no la había tocado y ya estaba fría.

Kai se acercó y colocó una taza de té en la mesa.

—Le traigo té verde para después de la comida.

Cuando se disponía a regresar a la cocina haciendo una reverencia, Taiji lo detuvo.

—He podido hablar con Fumika Nakazato.

—Ya veo —asintió Kai.

No parecía sorprendido. Después de todo, este era un restaurante donde ocurrían milagros.

—¿Podría hacerle una pregunta?

—Adelante. Soy todo oídos.

Pensó en preguntarle la razón por la que aparecían espíritus, pero Kai le respondería que no lo sabía. Además, ahora que había podido reunirse con Fumika, tampoco le importaba mucho.

Aun así, le quedaba algo por preguntarle.

—¿En qué se diferenciaba el segundo sándwich del primero?

Era algo que le intrigaba. Aunque parecían idénticos, había algo diferente. Cuando probó el primer sándwich, Fumika no apareció.

—Era otro pan —respondió Kai, sin pretensiones.

—¿El pan?

—Sí. El pan del primero estaba hecho con harina de trigo, mientras que el del segundo era de harina de arroz, sin gluten.

Conocía la comida sin gluten. Había visto productos así a la venta en tiendas y supermercados.

Alergia al trigo.

Sensibilidad al gluten.

Algunos de sus parientes y compañeros de clase tenían esos síntomas. También había oído sobre el tema en la televisión y leído algo en internet. Comer harina de trigo puede causar dolor de cabeza, diarrea, náuseas, urticaria y otros malestares. Por eso, lo habitual es que se use harina de arroz como sustitutivo.

—El pan de los sándwiches de la señorita Fumika Nakazato era de harina de arroz.

—¿Cómo...? ¿Cómo sabía usted eso? —volvió a preguntar Taiji, que no entendía su aclaración.

Ni siquiera él notó que había comido un sándwich con pan de harina de arroz en aquel entonces. No se explicaba cómo lo sabía Kai, que no los había ni probado.

—Me lo dijo la señorita Niki.

Kotoko estaba preocupada por Taiji. Lo más probable era que llamara al restaurante preguntando por él. Tal vez incluso habían hablado sobre su situación.

—¿Kotoko sabía que el pan era de harina de arroz?

Taiji pensaba que era improbable. Podía ser que ellas dos se conocieran de antes, pero le extrañaba.

—No, no creo que ella lo supiese.

—¿Entonces...?

—Es por las galletas.

—¿Qué?

—Ella me habló de las galletas.

—Eso quiere decir que...

—En efecto.

Fumika había rechazado las galletas que Taiji le ofreció en el parque. Él se lo tomó de forma personal y pensó que lo había rechazado a él mismo, pero se había equivocado.

—Como estaban hechas con harina de trigo, no pudo comérselas.

En aquel momento, Fumika había puesto cara de incomodidad e iba a decir algo, pero Taiji había salido corriendo sin escucharla. Después había dicho cosas malas de ella que no eran verdad.

Fue Taiji el que se equivocó desde el principio y no se comportó bien. Actuó impulsivamente y lastimó a Fumika.

—Por supuesto, esta es solo mi suposición. Podría haber sido por alguna otra razón.

Por eso el primer sándwich que sirvió era el habitual, con harina de trigo; pero, como Fumika no apareció, se le ocurrió probar a hacerlos con pan sin gluten.

Todo cobraba sentido con esa explicación. Había aprendido la lección. Si hubiera sido tan calmado como Kai, no habría lastimado a Fumika.

—Tómese su tiempo.

Inclinó la cabeza y regresó a la cocina.

Taiji agachó la cabeza y se mordió el labio. Oyó los maullidos de Chibi, pero no era capaz de mirarlo.

Solo podía pensar en Fumika.

Los recuerdos se desvanecen con el tiempo, pero nunca la olvidaría. Se acordaría de ella incluso en su lecho de muerte.

Para Taiji, ella fue el primer amor de su vida.

Y el primer amor nunca se olvida.

# RECETA ESPECIAL DEL

# RESTAURANTE CHIBINEKO

## Sándwich de tortilla al microondas

**Ingredientes para una persona:**

- Dos huevos
- Una cucharada de mayonesa
- Una cucharadita de caldo *dashi* blanco
- Una cucharada de agua
- Dos rebanadas de pan de molde

**Preparación:**

1. Mezcla la mayonesa, el caldo de *dashi* blanco y el agua en un recipiente.
2. Bate los dos huevos en otro recipiente.
3. Mezcla los ingredientes del primero y del segundo paso en un recipiente apto para microondas.
4. Cubre el recipiente con film transparente y caliéntalo entre 1 minuto y 1 minuto y 30 segundos, dependiendo

de la potencia de tu microondas. Prueba siempre a aumentar el tiempo a intervalos de 30 segundos hasta que la tortilla quede esponjosa.

5. Mete la tortilla entre dos rebanadas de pan tostado al gusto.

**Para tener en cuenta:**

Si lo deseas, puedes untar el pan tostado con mantequilla o mostaza. ¡Personalízalo a tu gusto!

# EL GATO ATIGRADO BLANCO Y EL ARROZ CON CACAHUETES

# CACAHUETES

≡ ◆ ≡

El cacahuete es un cultivo típico de la prefectura de Chiba, donde se produce aproximadamente el 80 % del total nacional. El 11 de noviembre es el Día del Cacahuete en Japón, por ser cuando está de temporada. El *monaka* de cacahuete de la antigua confitería Nagomi Yoneya es un *souvenir* muy popular que incluso se vende en las estaciones de tren. Además, la pastelería Orandaya ofrece dulces deliciosos hechos con cacahuetes, como *dacquoise* y pasteles.

Kotoko recordaba el día en que fue al restaurante Chibineko. Había perdido las ganas de vivir y se sentía perdida, pero entonces conoció a Kai y a Chibi.

Allí pudo comer la comida de los recuerdos y reencontrarse con su difunto hermano, que apareció en el restaurante y conversó con ella.

«Solo tengo una cosa que pedirte».

«Sube al escenario por mí».

No sabía por qué le había dicho aquello. Regresó al más allá sin dar más explicaciones y le dejó ese interrogante. Kai, del restaurante Chibineko, fue el que solventó su duda.

«Puede ser que Yuito quiera subirse al escenario una vez más».

Después también le infundió ánimos.

«¡Buena suerte! Chibi y yo la estaremos apoyando».

Al escuchar esas palabras, Kotoko fue consciente de su propia vocación por el teatro.

En cuanto se marchó del restaurante, se dirigió a la compañía de teatro y le pidió a Kumagai que la aceptara como aprendiz. No quería seguir siendo figurante, sino interpretar un papel como es debido. Le dijo que deseaba ser actriz, como su hermano.

—Puedes venir a practicar cuando quieras, pero depende de ti llegar a ser como Yuito. Debes ganarte el papel con tu esfuerzo.

Aquella fue la respuesta de Kumagai. Fueron palabras duras pero amables. Parecía que había estado esperando que Kotoko se uniera a la compañía.

—¡Muchas gracias! No te defraudaré —respondió Kotoko, mirándolo a los ojos.

Así fue como se unió a la compañía de forma oficial.

Los ejercicios eran agotadores. Kotoko no era más que una aficionada, no tenía resistencia física ni podía proyectar la voz. Kumagai la corregía muchas veces. Había momentos en los que la abandonaban las fuerzas.

Pero jamás pensó en huir, porque sentía que progresaba paso a paso. Además, se animaba imaginando que su hermano la estaba observando, y recordaba las palabras de aliento de Kai en los momentos más difíciles:

«¡Buena suerte! Chibi y yo la estaremos apoyando».

Además de los ejercicios en la compañía, Kotoko trabajaba duro por su cuenta. Iba al gimnasio para ganar resistencia y practicaba la proyección de la voz. Se quedaba en un parque cercano repitiendo el monólogo de *El vendedor ambulante de medicinas*.

Y así pasó un mes. Se decidió cuál sería su primera actuación. Tal vez por tratarse de una compañía con pocos integrantes, al final consiguió un papel. Sería el debut de Kotoko. Se subiría al escenario como actriz por primera vez.

La vida de Kotoko estaba a punto de cambiar.

Al igual que la de sus padres.

Tras la muerte de su hermano, estuvieron abatidos, pero en el momento en que Kotoko les anunció que actuaría en una obra, se les iluminó el rostro.

¿Qué tipo de obra es?

¿Es un papel importante?

¿Tenéis los trajes preparados?

¿Quién más actuará?

Después de hacerle preguntas de ese estilo, le dijeron:

—¡Iremos a animarte!

—¡Qué ganas tengo de verla!

Y sacaron la cartera para que les comprara las entradas.

Kotoko sabía que ellos habían estado aguardando una oportunidad para salir del pozo de la tristeza. Puede que incluso hubiesen estado esperando a que Kotoko se recuperara primero, puesto que ella había estado sufriendo también.

*Ojalá me hubiera muerto yo.*

*Ha sobrevivido la inútil, la que no tiene sueños.*

Eran los pensamientos que rondaban por su mente en aquel entonces. Kotoko, que había tocado fondo, ya estaba bien y había vuelto a ser ella misma, y sus padres la esperaron con paciencia.

—Pondré las entradas en el altar —dijo Kotoko.

Sus padres, con los ojos anegados en lágrimas, lograron sonreír y asentir sin derramarlas.

—Seguro que Yuito se alegrará muchísimo —musitó el padre.

Tanto Kotoko como su madre acogieron esas palabras. Se volvió algo natural hablar de él. La familia se reunió frente al altar para contarle a Yuito que su hermana se subiría al escenario.

El paso del tiempo es cruel y lo convierte todo en pasado; pero también hay heridas que solo se curan con el tiempo.

Kotoko recorrió varios grandes almacenes para comprar *ainame* y hacer un guiso para la cena de esa noche.

Aunque no quedó tan bueno como el que había cocinado Kai en su restaurante, guisó el pescado con abundante sake y jengibre, como le enseñó su hermano.

Cuando el aroma a sake y a jengibre comenzó a envolver el ambiente, sazonó el *ainame* con salsa de soja y azúcar. Luego preparó *nikogori* con el caldo del guiso y coció arroz en una cacerola de barro.

Cuando la comida estuvo lista, llevó los platos en una bandeja y los colocó en la mesa para sus padres, para ella y para su hermano.

Era la *kagezen*, la comida de los recuerdos al estilo de Kotoko.

La familia disfrutó del guiso de *ainame* y del *nikogori* sobre el arroz recién hecho. Después compartieron recuerdos de Yuito. Conversaron largo y tendido. Mientras hablaban, tanto Kotoko como sus padres derramaron lágrimas, pero esta vez eran cálidas.

Yuito no apareció ni se oyó su voz.

«Solo he podido venir a este mundo hoy. Cuando se me acabe el tiempo, lo más seguro es que no pueda regresar nunca más al mundo de los vivos».

Era lo que había dicho en el restaurante y resultó ser cierto.

No podían volver atrás en el tiempo a cuando él vivía, pero intentaron salir adelante y, al final, lo consiguieron.

Todo esto también fue gracias a Kai Fukuchi. Fueron su cocina y sus palabras las que propiciaron la recuperación de Kotoko.

Por esa razón, quería invitarlo al teatro. Le hacía ilusión que la viera interpretando un papel.

En realidad, ya lo había llamado una vez. Fue cuando le habló sobre el restaurante a un niño del barrio. Este se quedó tan pensativo que se ofreció a ir con él.

Sin embargo, tenía el presentimiento de que iría solo, así que llamó a Kai.

Hacía un mes que no oía su voz, pero le pareció tan amable como siempre.

—Restaurante Chibineko, ¿dígame?

Detrás de esa voz oyó un maullido. Era Chibi. También creyó oír el rumor de las olas y el canto de las gaviotas.

Kotoko le explicó la situación a Kai mientras se lo imaginaba junto a Chibi. Le contó todo lo que sabía sobre la historia del niño.

—Comprendo. Se llama Taiji Hashimoto, ¿no es así? Me ocuparé de ello, ¡gracias por llamar!

Y se terminó la llamada. En ese momento aún no le habían dado el papel, por lo que no pudo decirle que fuera a verla al teatro, pero había decidido volver a llamarlo para invitarlo.

Al ser una compañía teatral pequeña, el público estaba compuesto por las familias de los integrantes. Cuando Yuito aún vivía, había veces en las que también asistían sus seguidores, pero ahora solo iban conocidos. Después del ensayo, Kotoko le consultó a Kumagai si podía invitar a Kai.

Daba la impresión de que Kumagai no había comprendido su pregunta a la primera.

—¿Quién es Kai Fukuchi?

—El del restaurante Chibineko —respondió Kotoko.

Kumagai se quedó pensativo, como si estuviera desenterrando recuerdos muy antiguos, y asintió.

—Aaah, el hijo.

Kotoko se quedó extrañada al oír aquello.

—¿Quiénes son sus padres?

Cuando ella fue solo estaba el gatito, no sintió la presencia de nadie más.

—Creo que ya te hablé de la madre. Es la dueña del restaurante, de unos cincuenta años.

Se había olvidado de ella por completo. Estaba tan emocionada por el encuentro con su hermano que no la recordó hasta que la volvió a mencionar Kumagai.

—¿No estaba Nanami?

—No, cuando yo fui solo estaban Kai y un gato.

—Vaya… Y eso que escribe en el blog, pero bueno.

—¿Tiene un blog?

—Sí, es el blog del restaurante, en el que cuenta su situación y algunas anécdotas del negocio… Será mejor que lo leas tú misma. Aunque hace tiempo que no le echo un vistazo, supongo que sigue ahí —respondió, como si hablara consigo mismo, y le dijo el nombre del blog.

Kotoko era torpe con las nuevas tecnologías. Tenía móvil y un ordenador portátil, pero apenas los usaba. Aun así, encendió el portátil en cuanto llegó a casa. Buscó en internet el nombre del blog y lo encontró enseguida.

*La comida de los recuerdos del restaurante Chibineko*

Así se llamaba el blog. Parecía que lo actualizaban a menudo. Tenía fotos de la costa de Uchibo, de gaviotas y del restaurante. También había una foto de Chibi sentado junto a la pizarra de la entrada. Era incluso más pequeño que cuando lo conoció. Casi podía oír sus maullidos.

¿Estaría ahí descrita la situación a la que se refirió Kumagai?

Mientras buscaba alguna entrada en la que hablara de ello, se fijó en los títulos de las más recientes en la barra lateral.

—¿Cómo?

Lo que la sorprendió fue que la última entrada tenía una fecha de hacía más de dos meses. Las actualizaciones se habían detenido por alguna razón. Durante años había publicado una vez a la semana, pero esa fue la última.

Se sintió turbada.

Presentía que había ocurrido algo terrible.

Como no podía quedarse de brazos cruzados, llamó al restaurante. Necesitaba oír la voz de Kai.

Pero no la oyó.

Nadie descolgó el teléfono.

Ni siquiera saltó el contestador automático, solo sonaban los incesantes tonos de llamada. El problema era que no tenía el número de móvil de Kai. Colgó, sintiéndose ansiosa.

—¿Y ahora qué hago...?

Le murmuró a su móvil; pero solo dudó un instante.

*Tengo que ir.*

Lo decidió de inmediato. Se despidió de sus padres y salió corriendo de casa. Como aún no había anochecido, si salía en ese momento, llegaría a la estación del pueblo antes de que cayera la noche.

Kotoko se apresuró a llegar a la estación de tren.

Tomó la línea Sobu rápida, la del tren verde, en la estación de Tokio. Entró en el mismo vagón de dos pisos de la última vez.

El segundo piso estaba lleno, pero en el primero había asientos libres. Se sentó en uno al lado de la ventana y sacó el móvil. Pensó en leer el blog de la madre de Kai durante el trayecto.

Tardaría una hora y media en llegar a la estación del pueblo. No le daría tiempo a leer todas las entradas del blog, por lo que decidió comenzar por las más antiguas.

*Empezamos con la comida de los recuerdos*

En la entrada con ese título explicaba por qué habían abierto el Chibineko. El esposo de Nanami, es decir, el padre de Kai, había sido pescador. Con el nacimiento de su hijo, tuvo que cambiar de trabajo por temas económicos y lo contrataron en una siderúrgica local. Ya no era posible vivir de la pesca como antaño.

Pero él siguió muy unido al mar. Jamás dejó de amarlo, aunque hubiera dejado la pesca profesional.

Cuando la siderúrgica cerraba por vacaciones, salía al mar a pescar. Al haber sido pescador, tenía permiso para navegar y una pequeña embarcación.

Un día, fue a pescar algo para la cena, pero nunca más regresó.

Mi marido sigue desaparecido en el mar.

Era lo que estaba escrito en el blog. Desapareció sin dejar rastro. Habían pasado veinte años sin saber si estaba vivo o muerto.

El salario de la siderúrgica no era malo. Su esposo tampoco había sido derrochador, así que tenía bastantes ahorros. Además, gracias a la construcción de la autopista Aqua-Line Bahía de Tokio cerca del terreno heredado de la familia, pudo vender las tierras a buen precio.

No pasaron necesidades durante un tiempo, pero tuvo que buscarse un trabajo para poder vivir. Además, Nanami era una persona muy activa. Remodeló la casa donde vivían y abrió el restaurante Chibineko.

Pero, aparte de necesitar un sustento, había otra razón por la que cocinaba.

Empecé a preparar *kagezen* para rezar por la seguridad de mi marido.

La *kagezen* fue el comienzo de la comida de los recuerdos. Quizá los sentimientos de Nanami por su marido desaparecido hayan obrado el milagro. Así hizo que aparecieran espíritus de los seres queridos de los comensales.

Pero la comida de los recuerdos de Kotoko no la había hecho Nanami, sino Kai. ¿Él también pensaría en su padre al cocinar, del que se separó cuando era pequeño?

Le surgió esa duda repentina, y la respuesta estaba en una entrada con otra fecha.

Mi hijo se encargará del restaurante hasta que me den el alta.

Nanami estaba hospitalizada, por eso no atendía su negocio. También entendió la razón por la que Kai se había quedado en la cocina: rezaba para que su madre se curara y regresara a casa cocinando las comidas de los recuerdos.

La cuestión era lo que había sucedido después. No había nada escrito sobre lo que le pasó a Nanami ni sobre cómo estaba ahora.

Mientras buscaba pistas y leía el blog, el tren llegó a la estación. En algún momento, se había quedado sola en el vagón sin darse cuenta. Al bajar al andén, vio que ya se estaba poniendo el sol. La noche se acercaba.

*En el Chibineko solo se sirven desayunos y cierra a las diez de la mañana, así que puede que no haya nadie a estas horas. A lo mejor ni siquiera consigo ver a Kai*, pensó, pero no se detuvo. Era mejor actuar que quedarse quieta dudando y arrepentirse luego.

Salió de la estación desierta y se dirigió a la terminal sur. Como no quiso perder el tiempo esperando el autobús, se subió a un taxi. Quería llegar al Chibineko lo antes posible.

El taxi circuló sin contratiempos.

Como la carretera estaba solitaria, solo tardó quince minutos en llegar al mar. Se apeó frente a la playa y anduvo a paso rápido por el caminito de caracolas.

Los días eran más cortos en noviembre y anocheció por completo mientras iba en el taxi. Sin embargo, la luna disipaba la oscuridad.

Se oía el rumor de las olas, pero no se percibían el canto de las gaviotas, el ulular de los búhos ni los graznidos de los martinetes. Era una noche en la que parecía que todos los seres de este mundo estaban sumidos en un sueño profundo. El ruido de sus pisadas le parecía demasiado escandaloso, pero no tenía tiempo de sentirse mal por eso. Kotoko aceleró el paso.

Pudo ver pronto el restaurante, pero las luces estaban apagadas. No era extraño que estuviera cerrado a esas horas, pero había algo que le decía que el negocio había cerrado de forma permanente.

No había nadie. Eso era lo que había temido. Era como si Kai y Chibi se hubieran ido lejos, a algún lugar desconocido.

La vida se trata de despedidas. No importa cuánto aprecies a alguien, que siempre llegará el momento de decirle adiós. Pensó en su hermano y en el primer amor de Taiji. Por mucho que deseen verlos, nunca podrán reencontrarse con ellos.

¿Tampoco iba a ser posible volver a ver a Kai ni a Chibi?

Casi sucumbe a la angustia, pero no fue así. Se equivocaba con su corazonada. Aún no había llegado el momento de despedirse. Kotoko oyó el tintineo de una campanilla.

Era el sonido de la puerta del Chibineko abriéndose. Vio una figura iluminada por la luz de la luna salir por ella. Era Kai.

No llevaba las gafas puestas y parecía otra persona, pero no había duda de que era él.

La campanilla volvió a tintinear. Kai cerró la puerta y echó la llave. Parecía que se dirigía a algún otro sitio, y se giró hacia Kotoko para empezar a caminar.

—¿Es usted, señorita Niki...?

Kai se quedó atónito. No esperaba una visita a esas horas.

Kotoko tampoco esperaba ver salir a alguien del local con las luces apagadas después de haber pensado que se habían ido, y eso la desconcertó.

—Ah... Hola...

Kotoko solo pudo expresarse torpemente.

—Hola.

Kai parecía seguir perplejo por la visita inesperada.

Ambos callaron.

Kotoko no pudo soportar el silencio.

—He leído el blog de su madre.

No sabía qué más decirle. Era la segunda vez que veía a Kai. Le parecía demasiado atrevido preguntarle por la hospitalización de su madre, no era algo que le incumbiera a ella.

*¿Qué estoy diciendo?*, pensó, arrepentida; pero las palabras pronunciadas no pueden borrarse. Esperó en silencio la respuesta de Kai.

—Ya veo... —musitó, y continuó—. El funeral fue la semana pasada.

Anunció la muerte de su madre sin mostrar ninguna emoción, con la voz reposada.

Kotoko no pudo responder. De alguna manera lo había presentido, pero oírlo era mucho más duro.

Se quedó callada, no pudo ni darle el pésame. Kai continuó:

—Si ha venido a comer, lo siento mucho, pero he decidido cerrar el negocio e irme del pueblo.

Se confirmaban sus sospechas. El mal presentimiento que había sentido Kotoko resultó ser verdad.

—Si ha leído el blog, ya lo sabrá. Con la muerte de mi madre, ya no tengo razones para seguir cocinando *kagezen*.

No la llamaba «la comida de los recuerdos», sino *kagezen*. Era cierto que Kai cocinaba para que su madre regresara a casa.

Una madre es un pilar esencial para cualquier persona. Para Kai tuvo que ser más importante aún porque fue ella quien lo crio.

Pero ahora su madre había fallecido. Kotoko, tras haber perdido a su hermano, entendía lo que estaba sintiendo Kai en ese momento, esa conmoción. Tal vez también se sentía como si se le hubiera vaciado el corazón. Eso fue lo que le pasó a Kotoko.

—Ahora voy a preparar la última *kagezen* —dijo Kai, como para terminar la conversación.

Se inclinó ante Kotoko, le dijo «Disculpe» y empezó a caminar.

Pasó al lado de ella. Le dio la impresión de que Kai iba a desaparecer. Le pareció que su espalda había encogido. Aunque estaba justo a su lado, lo sentía muy lejos. No quería que se fuera solo.

—¿Y si nos vamos juntos? —dijo Kotoko en voz alta, sin querer.

Se sorprendió de sus propias palabras. Había llegado tan de repente, cuando además el restaurante estaba cerrado, que se sentía como una intrusa. El rubor asomaba por sus mejillas, pero la oscuridad nocturna lo ocultaba.

Kai se detuvo y se giró, pero con la luna a sus espaldas, su expresión era indescifrable.

—De acuerdo, acompáñeme —dijo él con tranquilidad.

Así fue como Kotoko empezó a caminar con Kai. Ambos recorrieron la playa de noche.

Kotoko caminaba detrás de Kai. Él iba con las manos vacías. Aunque había dicho que iba a cocinar la última *kagezen*, no llevaba ingredientes ni utensilios. Chibi tampoco estaba. Quizá se había quedado en el restaurante.

Ella no solo se preguntaba por los utensilios de cocina y por Chibi, también tenía otras muchas dudas.

¿Iba en plena noche a cocinar una comida de los recuerdos, cuando siempre la servían por la mañana?

¿Por qué no llevaba puestas las gafas?

¿A dónde se dirigía después de cerrar el Chibineko?

Kotoko quería hacerle aquellas preguntas, pero no se atrevía. No era el momento adecuado, y sentía que solo tenía que acompañarlo para poder entenderlo todo. Kai tampoco le explicó nada. En silencio, pasaron por la playa y llegaron al camino que seguía a lo largo de la ribera del río Koito.

Aunque ya no se veía el mar, seguía sin haber ni un alma. El pueblo estaba tan tranquilo como siempre. Había viviendas, pero ninguna tenía las luces encendidas. No todas esas casas estarían vacías, pero tampoco se oían voces ni el sonido de los televisores. Comparado con Tokio, donde vivía Kotoko, creía ver menos farolas. Solo se podía confiar en la luz de la luna.

Mientras caminaban, llegaron a una calle peatonal que bordeaba el río. Era un paseo marítimo destacado, que incluso aparecía en la página web del pueblo.

En las zonas verdes de la costa se han plantado alrededor de 720 cerezos que, cuando florecen, crean un precioso paisaje con el río de fondo.

Además de los cerezos, también habían plantado colza, hortensias y cosmos. De hecho, la colza es la flor distintiva de Chiba.

Era noviembre, así que no habían florecido los cerezos ni la colza, pero la zona alrededor del puente estaba iluminada, y el río con el reflejo de la luz era hermoso. Parecía que hubiese otro pueblo en el fondo del río.

El murmullo del oleaje se dejó de oír en algún momento. Ya no se veía el restaurante Chibineko al volver la vista atrás.

Siguieron caminando unos minutos más hasta que Kai salió del paseo marítimo y tomó otro caminito donde no había farolas. Mientras lo seguía, Kotoko perdió de vista el río y se desorientó. Era la primera vez que se adentraba en el pueblo.

Pero, por extraño que pareciera, no se sentía angustiada. Mientras estuviera al lado de Kai, no le temía a nada. El solo hecho de caminar juntos la calmaba. Incluso sintió que quería seguir caminando así por siempre.

Sin embargo, su tiempo a solas se acabó pronto. No anduvieron ni cinco minutos cuando Kai se detuvo y señaló a la oscuridad.

—Voy a hacer *kagezen* en esa casa.

Se veía una antigua casa tradicional bañada por la luz de la luna. Al lado había una huerta, pero estaba tan oscuro que no se distinguía qué cultivos podía albergar.

—Es una huerta de cacahuetes —le explicó Kai.

Los cacahuetes son un producto famoso de la prefectura de Chiba. Hay muchos dulces que se preparan con ellos, como *monakas*, que son unos barquillos rellenos, pero también pastelitos, galletas sablé, etc., muy populares entre los turistas, por lo que se venden a menudo en las estaciones de tren. Algunas personas también los compran por internet.

Sin embargo, el cultivo de cacahuetes nacionales está en declive. El área cultivada en Japón ha disminuido en comparación con el año 1965, y ahora solo es una décima parte de lo que era. Se dice que esto se debe al aumento de la importación de cacahuetes a menor precio. Incluso en la prefectura de Chiba, el número de agricultores que cultivan cacahuetes ha disminuido.

El dueño de la casa que iban a visitar se llamaba Yoshio Kurata, de ochenta y dos años. Él era el único hijo de unos agricultores que cultivaban cacahuetes.

De eso hacía ya mucho tiempo. Antes de que se celebraran los Juegos Olímpicos de Tokio de 1964, su familia producía los cacahuetes «más sabrosos del pueblo», como solían decir los lugareños. Los dueños de pastelerías y de restaurantes hacían cola para comprarlos.

Pero Yoshio no siguió en el negocio familiar. No fue por decisión propia, sino porque sus padres deseaban que él fuera asalariado.

«Es mucho mejor trabajar en una empresa. No trae cuenta ser agricultor», decía el padre de Yoshio.

Como era una época en la que no se contradecían los deseos de los padres, buscó trabajo en cuanto acabó la secundaria. Primero lo contrataron en una constructora local y luego en un taller de reparación de coches, para después terminar en una siderúrgica.

Esta siderúrgica, que fue una de las más importantes del país, se estableció en 1965 en un terreno ganado al mar.

Esa fue la elección acertada. Después de que Yoshio consiguiera trabajo, sus padres siguieron dedicándose al campo, pero dejó de ser rentable por la importación de cacahuetes más baratos. Daba igual lo sabrosos que estuviesen sus cacahuetes, tenían que bajar el precio para conseguir venderlos, y así casi no obtenían beneficios.

Cuando Yoshio cumplió treinta años, tuvieron que vender la mayoría de los terrenos. Solo se quedaron con una huerta al lado de su vivienda para consumo propio. Los cacahuetes más sabrosos del pueblo desaparecieron del mercado.

«Lo veíamos venir», decía el padre de Yoshio, casi sin fuerzas.

Pasó el tiempo y Yoshio se casó con Setsu, una mujer cuatro años menor que él. Aunque casarse en sus treinta se consideraba tarde, los padres estaban encantados.

La vida en familia se volvió un poco más animada. Los tres, Setsu y sus padres, trabajaban en la huerta. Yoshio se unía a ellos en sus días libres. Los cacahuetes que cosechaban se los comían juntos.

—Nuestros cacahuetes son los más sabrosos, ¿eh?

Al padre le encantaba presumir de ellos. Setsu asintió.

—Están tan buenos que da hasta pena comérselos.

A sus suegros les pareció una respuesta graciosa y estallaron en carcajadas. Setsu también se rio, y Yoshio unos segundos después.

Yoshio y Setsu no pudieron tener hijos, pero sus vidas estuvieron llenas de risas. Él y sus padres fueron felices.

Todos deseaban que esos momentos de felicidad durasen para siempre, pero eso es imposible. La vida es finita. No pasaron ni diez años desde que Setsu había llegado a la familia, que sus padres enfermaron uno detrás de otro. Ambos vivieron varios años postrados en cama antes de fallecer.

—¡Lo siento! —le dijo Yoshio a Setsu, agachando la cabeza, después del funeral de sus padres.

Ya tenían más de cuarenta años y el tiempo continuaba imparable sin que pudieran traer hijos al mundo.

Se sentía muy arrepentido, aunque ni siquiera él sabía por qué se disculpaba. ¿Era porque Setsu había tenido que cuidar de sus ancianos padres o por no haber podido tener hijos?

Si Setsu le hubiera preguntado «¿Por qué te disculpas conmigo?», no habría obtenido respuesta.

Pero ella no le preguntó nada, sino que dijo con calma:

—No pasa nada.

Ese día la conversación terminó ahí. Yoshio pensó más tarde que debería haberse expresado con más claridad.

El tiempo pasó rápido y Yoshio se jubiló con sesenta años. Aún era pronto para considerarse un anciano, pero tampoco era joven. Había pasado la mitad de su vida. Él y su mujer tenían los cabellos completamente blancos.

Había trabajado en una de las principales siderúrgicas de Japón y eran buenos tiempos, por lo que pudieron vivir bien solo con la pensión de jubilación.

Como no tuvo que buscar otro trabajo para poder mantenerse, se dedicó a trabajar en la huerta junto a Setsu. Fue ella quien sugirió seguir cultivando cacahuetes.

«Si solo cosechamos los cacahuetes que queramos zamparnos en casa, hasta unos abuelos como nosotros podrían hacerlo».

Lo dijo en broma, pero era cierto que solo podían cosechar una pequeña cantidad. Cuando quisieron darse cuenta, el mundo no era el mismo que cuando vivían los padres de Yoshio.

No quedaba ni un solo campo de cacahuetes en el vecindario. Todos vendieron las tierras y se fueron a otro lugar. Sus amigos también se terminaron mudando, se fueron a residencias de ancianos o fallecieron.

Estaban rodeados por hileras de casas vacías.

No tenían parientes ni conocidos cerca, pero se tenían el uno al otro; Yoshio no se sentía solo.

Iban juntos a comprar al supermercado y a la biblioteca a tomar libros prestados. Sudaban trabajando en la huerta y salían una vez a la semana a comer fuera. Incluso hacían algún viaje de vez en cuando, aunque no fueran muy lejos. Tenían una vida plena.

«Ojalá que el año que viene nos quedemos como estamos».

«Pues sí».

Cada vez que se acercaba el fin de año, repetían esas palabras. Ese era el único deseo de una pareja de ancianos que vivía en paz.

No necesitaban nada más, lo único que querían era poder disfrutar un poco más de la vida juntos.

Siempre que estaban frente al altar budista de la familia o iban a algún santuario sintoísta, juntaban las manos y rezaban por seguir así un poco más de tiempo.

Los dioses y Buda les concedieron algunos años más de dicha; pero el final llegó de improviso. Setsu enfermó y murió. Exhaló su último suspiro después de mucho sufrimiento.

Yoshio organizó el funeral de su mujer a finales de diciembre y pasó Año Nuevo en completa soledad. Era el comienzo de los días solitarios que continuarían hasta su muerte.

Ya no salía a comer fuera ni iba a la biblioteca, pero siguió trabajando en la huerta. Cuidaba su jardín y cosechaba los cacahuetes.

Se comía a solas los cacahuetes que recogía. Sabían igual de bien que cuando vivían Setsu y sus padres. Todo había cambiado, pero ese sabor era lo único que permanecía intacto.

Un día, después de continuar viviendo así durante un año entero, sintió un fuerte dolor en la cintura mientras estaba en el jardín. Era un dolor distinto al de una hernia discal o al dolor muscular. Tenía un mal presentimiento, casi una certeza.

Yoshio fue al hospital, se sometió a un examen médico y lo terminaron ingresando. Le diagnosticaron cáncer y, por si fuera poco, con metástasis en todo el cuerpo.

—El tratamiento será complicado —le dijo un médico joven, de la edad que tendrían sus nietos.

Era demasiado tarde. La vida de Yoshio llegaba a su fin.

—Sufre la misma enfermedad que tenía mi madre —continuó Kai.

Fue entonces cuando Kotoko supo cuál era la enfermedad de Nanami. Pensó que debía decir algo, pero no le salían las palabras. Mientras permanecía callada, Kai siguió hablando.

—El señor Yoshio estaba ingresado en la misma habitación de hospital que mi madre.

Hubo algo en esa frase que le llamó la atención. Había hablado en pasado, lo que significaba que algo había cambiado.

—¿Le han dado el alta?

—Es un alta temporal.

—Mmm… ¿y qué significa eso?

—Dijo que quería encargarse de su casa y de su huerta mientras pudiera moverse, así que pidió el alta por su cuenta —explicó Kai.

No era porque se hubiera curado ni porque se sintiese mejor.

—¿Está bien que haga algo así?

Kotoko empezó a preocuparse. Si estuviera rodeado por su familia, sería diferente, pero él estaba solo. Aunque empeorase, tenía que valerse por sí mismo.

—Es su decisión —respondió Kai.

Quizá no había otra alternativa. Por lo que le estaba contando Kai, Yoshio no tenía relación con otros familiares y debía encargarse de los preparativos de su propio funeral.

—Tiene previsto volver mañana al hospital.

Kai parecía estar bien informado. Daba la impresión de que ya lo conocía antes de que compartiera habitación con su madre.

Puede que Kai notara las dudas de Kotoko en su expresión, porque dijo:

—Era un cliente habitual del restaurante.

No era extraño, ya que se trataba de un negocio local. Parecía que el lugar adonde iba a comer con su mujer una vez a la semana era el Chibineko.

—Dejó de venir al restaurante después de que falleciera su esposa, pero nos reencontramos cuando fui a visitar a mi madre al hospital.

Fue entonces cuando le pidió una comida de los recuerdos. Todas las vidas están conectadas de algún modo.

Ya era tarde para visitar la casa de nadie, pero fue Yoshio quien le pidió a Kai que fuera por la noche. Durante el día llamó a una empresa para que se encargaran de los últimos detalles.

—Ha decidido demoler la casa y vender el terreno y la huerta —dijo Kai.

Yoshio pretendía borrar todo rastro de su paso por este mundo. Incluso la huerta de cacahuetes y su casa, que estarían llenos de recuerdos, los iba a convertir en un terreno yermo.

—Vamos —dijo Kai, y comenzó a caminar de nuevo.

Kotoko también siguió andando. Pasaron por el camino junto a la huerta y se acercaron a la vivienda.

—Pero las luces están apagadas…

La casa estaba sumida en la penumbra y envuelta en un silencio absoluto. Tal vez Yoshio se había dormido, o quizá no había nadie allí. Podía ser que su salud hubiese empeorado y hubiese regresado al hospital.

Kotoko se preocupaba con pensamientos así, pero Kai no se detuvo.

—Habrá apagado las luces.

Lo dijo como si no tuviera importancia. No parecía extrañarse por el silencio que reinaba.

Entonces miró al cielo nocturno y dijo de pronto:

—¡La luna parece un platillo!

Al mirar hacia arriba, una luna creciente similar a un plato pequeño para tazas flotaba en el cielo. Tenía una forma bonita, pero no se esperaba que Kai reaccionara así.

Cuando Kotoko iba a preguntarle, Kai ya había dejado de mirar la luna. En su lugar, estaba observando la parte trasera de la casa.

—Me dijo que estaría en el *engawa* —le dijo a Kotoko, y siguió caminando.

No se dirigió a la entrada principal, sino que rodeó la casa para ir al jardín. Sus pasos eran los de alguien que conocía el lugar. Parecía que ya lo había visitado varias veces.

Llegaron a un amplio jardín tradicional. Había un caqui y un ciruelo, y lo que parecía ser un parterre. No tenía flores, pero tampoco estaba descuidado.

Había alguien sentado en el *engawa*, el corredor exterior de madera de la casa. Kotoko pudo verlo con claridad al acercarse.

Estaba macilento como un árbol muerto, y se percibían los claros signos de la enfermedad. Este anciano era Yoshio Kurata. Como Kai le había hablado de él, supo quién era antes de que se lo presentara.

—¡Buenas tardes! —lo saludó Kai.

—Siento mucho no haber podido ir al funeral de Nanami —dijo Yoshio, sin responder al saludo.

Tenía la voz ronca, pero se entendía bien.

—No se preocupe, por favor —respondió Kai, y cambió de tema, como si no quisiera hablar del funeral—. Voy ya a la cocina.

Iba a preparar la comida de los recuerdos.

—Ah, muy bien, haz como si estuvieras en tu casa.

—Con permiso.

Kai se quitó los zapatos y entró en la casa. Se fue por el pasillo sin necesitar indicaciones, como si no fuera una casa ajena.

Yoshio lo observaba irse distraído, y habló de nuevo:

—¿No vas con él, muchacha?

Tal vez pensaba que ella trabajaba en el Chibineko de ayudante de cocina. Aunque no fuese el caso, era verdad que había acompañado a Kai para ofrecerle su apoyo. Además, ahora sentía que debía ayudarlo.

—¿Puedo pasar?

—Por supuesto.

—Se lo agradezco, ¡con permiso!

Se quitó los zapatos y entró. Hacía fresco en el pasillo.

Aunque las luces de la casa estaban apagadas, la luz de la luna entraba por la puerta corredera abierta del *engawa* y pudo caminar sin tropezarse. No sabía que la luz de la luna fuera tan brillante. También veía con nitidez la espalda de Kai, que caminaba frente a ella.

Antes de que Kotoko pudiera alcanzarlo, se detuvo delante de la habitación que estaba al final del pasillo, abrió la puerta corredera y entró.

Se oyó el sonido de un interruptor y se encendieron las luces del cuarto. Kotoko supuso que le había dejado la puerta abierta para que entrara ella también.

Pasó al cuarto donde Kai la esperaba. Era una cocina a la vieja usanza.

Tenía un frigorífico pequeño, pero no había microondas ni hervidor de agua eléctrico. Solo tenía una cocina de gas que estaba bastante vieja.

Sin embargo, no estaba sucia. El suelo y los utensilios de cocina estaban relucientes, no había ni rastro de suciedad. Era como si acabaran de limpiarlo todo.

—Ya vine para prepararlo todo de antemano —dijo Kai.

Ya había estado ahí una vez y trajo todo lo que necesitaba: los ingredientes y alguna cacerola. Puede que también fuera él quien lo dejó todo limpio.

—Ahora voy a cocer el arroz —dijo, colocando la cacerola de barro en el fuego.

Iba a cocerlo sin arrocera. Kotoko se fijó en que había otras cacerolas parecidas, por lo que llegó a la conclusión de que no era del restaurante, sino que ya estaba en la casa.

—¿Qué va a cocinar?

—Voy a hacer arroz con cacahuetes.

Esa era la comida de los recuerdos de Yoshio.

El cacahuete, también llamado «maní», es una planta anual de la familia de las leguminosas. Se cultiva en todo el mundo y, entre las legumbres, solo la supera la soja en términos de producción. Su nombre en japonés es *rakkasei* (落花生), una palabra que viene del chino y significa, literalmente, «crecer de la flor caída». Se llama así porque, tras la polinización, los tallos de las flores llegan al suelo y empujan a los ovarios hasta enterrarlos, lo que permite que el fruto se desarrolle bajo tierra.

—Estos cacahuetes son de la huerta de al lado —dijo Kai, mientras sacaba cacahuetes con cáscara del cajón de las verduras.

Las cáscaras estaban cubiertas de tierra seca.

—Cultivar cacahuetes es bastante laborioso —dijo Kai, y se puso a explicarle con sencillez cómo se hacía—. Después de desenterrar las plantas, se atan de tres a cinco juntas y se dejan las vainas con las raíces hacia arriba durante una semana para que se sequen.

Este proceso se llama «secado al aire». Por supuesto, hay una razón para secarlos de ese modo.

—Darles la vuelta hace que la humedad se vaya a las hojas y los cacahuetes se sequen más rápido.

Si al agitar el cacahuete puede oírse que se mueve dentro de la cáscara, significa que ya se ha secado, pero eso no es todo.

—Luego se amontonan y se dejan secar entre uno y dos meses.

Es un proceso que requiere tiempo y esfuerzo. Era difícil de imaginar que Yoshio pudiera hacer algo así en su estado, así que, probablemente, fue Kai quien se ocupó de ello. Continuó hablando sin mencionarlo.

—En noviembre es cuando más buenos están.

Los cacahuetes estaban de temporada. De hecho, el 11 de noviembre es el Día Nacional del Cacahuete.

Las manos de Kai no paraban de moverse mientras hablaba. Antes de poder ofrecerle ayuda, ya les había quitado las cáscaras a los cacahuetes. El cuenco de cristal se llenó de frutos secos de color rosa claro.

—Solo quedaría añadir la sal y el sake a la cacerola de barro.

—¿No hace falta que el arroz absorba agua?

—No, es arroz nuevo.

El arroz nuevo tiene un alto contenido de agua. Sale mejor si se le añade menos agua al cocerlo.

—Creo que sale más apetitoso si se aprovecha el agua que ya contiene.

Si se añade demasiada agua a las verduras o a la carne, puede hacer que disminuya el sabor, y el arroz no iba a ser la excepción. Mientras Kotoko pensaba en ello, Kai le pidió un favor.

—¿Puede darme la sal? Debería estar en el armario.

—Voy.

Abrió el armario de madera que le indicó y vio varios tarros de cerámica ordenados. Estaban viejos, pero no tenían ni una sola mota de polvo. También había tarros con ciruelas encurtidas y azúcar, y no tardó en encontrar el de la sal.

—¿Es este?

—Sí, así podremos hacer un apetitoso arroz con cacahuetes —respondió Kai, con su habitual tono respetuoso, y tomó el tarro de la mano de Kotoko.

Sus dedos se rozaron por un instante. Kai se volvió al fogón como si no hubiera pasado nada.

—No es un plato complicado, apenas hay que cocinar.

Mientras hablaba, echó agua, el arroz y los cacahuetes a la cacerola de barro, y añadió sal y sake; después tapó la cacerola y encendió el fuego.

—Va a tardar un poco.

Parecía que eso era todo. Kai miró a Kotoko como si fuera a decirle algo, pero permaneció callado. Apartó la mirada y se puso a limpiar la cocina en silencio. Kotoko le ayudó.

Después de veinte minutos, el arroz con cacahuetes estaba hecho.

Su olor dulzón inundó la cocina. Kai apagó el fuego.

Pero aún no se podía comer.

—Tiene que reposar entre diez y quince minutos.

Hay que dejar que el arroz absorba el vapor para que se ablande. Los quince minutos pasaron en un abrir y cerrar de ojos.

—Pruébelo —dijo Kai, sirviendo un poco de arroz en un cuenco.

Kotoko ya había probado los cacahuetes tostados, pero nunca los había comido en arroz.

—Tiene buena pinta.

Tomó el cuenco y se llevó un poco de arroz con cacahuetes a la boca.

El dulce aroma del cacahuete la envolvió de repente. Era blando y suave al masticarlo, casi se desmenuzaba solo. Lo saboreó y percibió su dulzor.

Siguió masticando y el arroz se hizo presente. Su sabor delicado arropaba a los cacahuetes. El sake y la sal realzaban el dulzor. También tenía un ligero sabor terroso que transportaba al campo. Aunque solo había probado un poco, se sentía dichosa. Kai sabía hacer feliz a la gente con su cocina. Se sintió igual que cuando probó el guiso de *ainame*.

—Está buenísimo.

Los cacahuetes cultivados en una huerta rebosante de recuerdos contribuían a su buen sabor. Estaba convencida de que iba a obrarse el milagro. Dos personas estaban a punto de reencontrarse.

—Dejemos que Yoshio lo pruebe.

Kai colocó la cacerola y dos cuencos en una bandeja.

Yoshio estaba sentado en el *engawa*, contemplando la luna creciente. Su ensimismamiento era tal que no parecía darse cuenta de que Kai y Kotoko se acercaban. Aunque daba la impresión de estar distraído, su mirada era grave.

Kai observó su expresión y musitó:

—¿Está usted pidiendo un deseo?

—¿Cómo?

—Dicen que, cuando la luna tiene forma de platillo, concede cualquier deseo que se le pida. ¿Lo sabía?

Había vuelto a mencionar la forma de la luna, pero era la primera vez que Kotoko oía que concedía deseos.

—Lo leí hace tiempo en una novela. Decía que, al igual que el líquido que se derrama de la taza se acumula en el platillo, los deseos que se vierten sobre la luna creciente se cumplen.

Kai volvió a mirar el rostro de Yoshio, pero no pudo discernir nada en la expresión del anciano.

—¿No tiene frío? —le preguntó Kai a Yoshio.

Había sido un día cálido para estar en noviembre, pero estaba refrescando por la noche. Hacía demasiado fresco para alguien tan mayor.

—¿Le sirvo la comida dentro?

Kai pensaba que lo mejor era entrar en la casa, al igual que Kotoko, pero Yoshio negó con la cabeza.

—Estoy bien. Me siento mejor aquí que en la habitación del hospital.

Se tapaba el regazo con una manta y llevaba puesta una chaqueta mullida. No tenía la intención de moverse de allí. Tal vez quisiera comerse la comida de los recuerdos mientras miraba el jardín y la huerta de cacahuetes, sitios que le evocaban un sinfín de recuerdos.

Kai lo entendía y no quiso insistir. Colocó la bandeja a su lado.

—El arroz con cacahuetes ya está listo.

Sirvió el arroz en los dos cuencos y los colocó en el *engawa*.

—Hay para dos personas: para usted y para la señora Setsu.

Había cocinado para honrar a la esposa fallecida de Yoshio.

Comer la comida de los recuerdos que preparaba Kai a veces hacía que los difuntos apareciesen. No se sabía si eran ellos de verdad o meras ilusiones, pero Kotoko pudo hablar con su hermano. Yoshio también deseaba volver a ver a su mujer, por eso le pidió una comida de los recuerdos.

Sin embargo, Yoshio no movió la mano para asir el cuenco. No pretendía probar la comida de los recuerdos. Ni siquiera agarró los palillos, simplemente miraba los cuencos.

—¿No le apetece comer? —preguntó Kai en tono reservado, pero con curiosidad.

Entonces Yoshio volvió su rostro exangüe hacia él.

Kotoko cayó en la cuenta en ese instante. Entendió por qué Yoshio no probaba el arroz; o, más bien, la razón por la que no podía probarlo.

Kotoko quiso explicarlo, pero Yoshio habló primero.

—Lo siento mucho, pero no creo que pueda comer. Te he hecho perder el tiempo.

No era que no quisiera comer, sino que no podía.

*¿Por qué no me di cuenta antes?*, Kotoko maldijo su descuido. El cáncer se había extendido por todo su cuerpo y no podía ni recibir tratamiento, solo cuidados paliativos.

No se sabía exactamente cuál era su condición, pero, aunque se le había permitido volver a casa por permanecer estable, eso no significaba que pudiera comer bien. No era de extrañar que no pudiera tragar.

Al escuchar las palabras de Yoshio, Kai apretó los labios. Parecía culparse de no haberse dado cuenta antes.

—Siento mucho haberte molestado para nada —volvió a disculparse Yoshio.

Aunque desde el principio sabía que no iba a comer nada, pidió la comida de los recuerdos por una razón.

—Te pedí *kagezen* para mi mujer, pero también para mí. Es un poco pronto para honrar mi memoria, pero espero que no os importe.

—¿Quiere que honremos su memoria?

—Sí. Para empezar con los preparativos de mi funeral. Sé que no me queda mucho tiempo.

Ni Kotoko ni Kai fueron capaces de decir nada. Yoshio estaba solo en la vida, sin parientes que pudieran asistir a su funeral.

—¡Cómo huele a cacahuetes! Es como si pudiera ver la cara de Setsu. Ahora podré descansar en paz... Muchas gracias a los dos.

Tal vez Yoshio pidió la comida de los recuerdos para que su esposa pudiese asistir a algún rito de su funeral desde el más allá.

En la mente de Kotoko se formó la imagen de Setsu, a quien ni siquiera conocía.

Estaba sentada al lado de Yoshio.

Ambos observaban el ciruelo.

Miraban el jardín, que pronto sería asolado.

—Esta es la última vez que veré mi jardín. Es hora de despedirme de la casa —dijo Yoshio.

Kotoko se marchó de aquel lugar.

Había hecho algo inexcusable.

Yoshio se disculpó con la espalda de Kotoko, que se alejaba por el pasillo como si huyera. Le parecía que creían que no podía comer debido a su enfermedad, pero no era así. El médico le había indicado que solo comiera alimentos que no le provocaran una digestión pesada.

Al principio pensaba probar un poco, pero solo con ver el arroz con cacahuetes dejó de sentir un vacío en el pecho. Para él no tenía sentido vivir si tenía que hacerlo solo.

Le parecía que ya había vivido bastante. Era un tormento vivir en un mundo donde no lo acompañaba Setsu. Quería irse de inmediato adonde estaba ella.

Recordaba a la perfección el día en que Setsu se marchó. Todo empezó un frío día de invierno. Dijo que sentía un dolor repentino en la cadera. Su esposa, que hasta entonces nunca se había quejado, se retorcía de dolor.

Sus huesos se habían vuelto frágiles con la edad. A Yoshio le preocupaba que pudiera haberse fracturado alguno, y la llevó a un pequeño hospital privado del barrio.

Pero allí solo la examinaron y no pudieron tratarla.

«Lo mejor es que se someta a una revisión médica completa», les dijo un doctor con expresión severa, y la trasladaron a un hospital más grande de la ciudad, donde le hicieron todas las pruebas necesarias. Regresaron a casa el mismo día, pero a la semana siguiente les dieron la noticia de que sufría una enfermedad grave. Ya era demasiado tarde para operarla; el cuerpo de su esposa se consumía.

«Siento tener que decirles esto, pero...».

En el instante en que alguien pronunció esas palabras, todo ante él se ensombreció. Tenían que volver a casa, pero ni siquiera recordaba el camino. Solo podía pensar en la frase de Setsu: «Ya ha llegado mi hora».

Daba la impresión de estar preparada. Yoshio permanecía callado, y ella habló:

—Siento los problemas que te causaré a partir de ahora...

Quiso decirle que no se rindiera.

Que no se disculpara.

Que no había llegado su hora.

Pero no le salían las palabras. Quería ayudarla, mas no sabía cómo, y su enfermedad avanzaba lenta, pero sin piedad.

Estuvo un tiempo entrando y saliendo del hospital, hasta que acabó ingresada en la unidad de cuidados paliativos. No podían curarla, lo único que podían hacer por ella era aliviar su dolor.

—Es una bendición no sentir dolor —susurró Setsu.

Yoshio era incapaz de responder ni de pensar en palabras de ánimo.

—Me lo pasé muy bien ayer. Muchas gracias, querido —le dijo ella.

Quiso ver la ciudad antes de quedarse ingresada en la unidad de cuidados paliativos. Yoshio aceptó y la acompañó. Iba a ser su último paseo juntos, su última cita.

Fueron a la Mother Farm a comer helado casero dulce y cremoso. Niños que parecían estar en una excursión del colegio correteaban a su alrededor.

Después fueron al Santuario Hitomi, donde se venera a la deidad local. Pudieron ver todo el casco urbano desde la colina y rezaron juntos en el santuario.

*Ruego por que Setsu deje de sufrir.*

Yoshio oró en silencio. No se le ocurrió ningún otro deseo. Lo que de verdad ansiaba era que se curara, pero no quería pedir imposibles. Se conformaba con que ella no sufriera más.

Al día siguiente, el día en que debía ingresar en el hospital, se levantaron temprano para ir al monte Kano a ver el mar de nubes que se forma en el valle de Kujuku.

Tomaron un taxi y llegaron al monte antes del amanecer. A medida que el día empezaba a clarear, las nubes se teñían con la aurora. El paisaje era tan bello como una pintura a tinta china. Era como estar sobre las nubes.

—¿El cielo se parecerá a esto? —preguntó Setsu.

Yoshio no supo qué responder, pero ella tampoco esperaba una respuesta, sino que se limitaba a contemplar el mar de nubes en silencio. Así pasaron los minutos.

—Debemos irnos ya —dijo Setsu.

Se les acabó el tiempo. No regresaron a casa, sino al hospital. Setsu iba a pasar allí lo que le quedaba de vida.

Yoshio iba a verla todos los días desde por la mañana. Él seguía tan callado como siempre, la que hablaba era ella. Aunque sabía que su vida estaba llegando a su fin, no se lamentó ni una sola vez. Por muy triste que estuviera, por mucho dolor que sufriera, por mucho miedo que tuviera, no derramó ni una sola lágrima.

Todo lo contrario: siempre le mostraba una sonrisa a Yoshio.

—Siento mucho que tengas que cuidarme así y no poder cuidarte yo hasta el final, pero me siento muy feliz de poder estar contigo en este momento…

Empezaron a administrarle un fuerte analgésico que hacía que no pudiera hablar demasiado. El tiempo que permanecía despierta se acortaba cada día.

Yoshio siempre observaba el rostro durmiente de Setsu. Se aferraba al tiempo que les quedaba juntos.

No le importaba que no hablaran ni que estuviera dormida, le bastaba con estar a su lado. Rezaba pidiendo que no se muriera, que se detuviera el tiempo.

Al final, nadie oyó sus plegarias y llegó el momento que tanto temía.

Recordaba perfectamente las últimas palabras que pronunció ella después de haber estado tres días en coma.

—Yoshio, querido… —lo llamó con la misma voz de siempre—. No quiero que te quedes triste cuando me muera. No te deprimas, aunque te deje solo. Quiero que te animes, que comas hasta reventar y que sigas haciendo lo que te gusta. Disfruta de la vida por mí. Ni siquiera hace falta que visites mi tumba ni que me dejes incienso. He sido muy feliz compartiendo mi vida contigo. Incluso ahora, soy feliz…

Se formó una leve sonrisa en su rostro y cerró los ojos lentamente. Nunca más los volvió a abrir.

El médico siguió el protocolo habitual: le tomó el pulso, comprobó si le latía el corazón y le examinó las pupilas con una linterna pequeña. Después se dirigió a Yoshio.

—Lo lamento…

La voz que anunciaba el final pasó por los oídos de Yoshio sin detenerse. Rompió a llorar sin dirigirle la palabra a esa voz. Después de que el doctor y la enfermera salieran de la habitación, lloró a lágrima viva profiriendo gritos. No cesaban las lágrimas ni los sollozos.

Los momentos compartidos con su esposa pasaron ante sus ojos. Parecía que estuviera viendo una película antigua de su vida juntos.

Se habían conocido hacía unos cincuenta años, cuando un allegado se la presentó. Era una reunión parecida a las que se organizan para los matrimonios concertados.

Aquel día, Yoshio llevaba un traje azul marino recién comprado. Había ido a que le cortaran el pelo y se esforzó como nunca para dar buena impresión.

Setsu llevaba puesto un vestido con estampado de flores y estaba sentada con expresión tímida. Le parecía tan encantadora que no podía apartar la vista de ella. Fue amor a primera vista. En cuanto la vio en una fotografía, se enamoró de ella.

Se armó de valor y le pidió una cita ese mismo día.

—¿Podríamos volver a vernos?

Aunque solo dijo una frase corta, se le secó la garganta.

—V-vale... —respondió Setsu en voz baja, y asintió.

Sus mejillas se sonrojaron. A Yoshio le pareció adorable verla así.

Se vieron varias veces más. Sus citas eran sencillas, sin artificios. Salían a pasear o a comer, pero solo con estar al lado de ella se le desbocaba el corazón. Deseaba estar a su lado para siempre. Ese sentimiento crecía cuanto más la veía.

Ocurrió una noche en que la luna creciente estaba preciosa. Regresaban de ver la estatua gigante de Kannon de la bahía de Tokio. Mientras caminaban a lo largo del río Koito, Yoshio decidió confesarle su amor.

No había nadie alrededor. La luna con forma de platillo se reflejaba en la oscura superficie del río.

Yoshio contemplaba la luna en silencio y rogaba: «Que todo salga bien». Después le pidió a la luna: «Concédeme que pueda estar a su lado eternamente». Entonces le dijo a Setsu:

—¿Quieres casarte conmigo?

Era la típica frase de siempre, pero no se le ocurrió ninguna mejor. Era la proposición de su vida.

Setsu no respondió inmediatamente. Permaneció callada unos segundos y, de pronto, soltó una sonora carcajada.

Yoshio se angustió.

*Era demasiado bonito para ser verdad*, pensó.

Él era de tez morena, ojos pequeños y nariz chata. No era atractivo. Un hombre así le había propuesto matrimonio a la bella y joven Setsu. Era normal que se lo tomara a risa.

Ella se disculpó, lo que reafirmó sus pensamientos.

—Lo siento.

Creía que lo estaba rechazando. Se mordió el labio, decepcionado, pero ella aún no había acabado de hablar.

—Muchas gracias. Te agradezco de corazón que te hayas enamorado de mí.

»Estoy tan feliz que no he podido evitar echarme a reír.

»Sé que nunca dejaré de reírme si estoy contigo.

»Yo también te quiero mucho.

»Me encantaría ser tu esposa.

»¡Venga, casémonos!

Esa fue su respuesta. La luz de la luna entró en los ojos de Yoshio y la vista se le nubló con las lágrimas.

Era incapaz de encontrar las palabras adecuadas. Al verlo así, Setsu se inclinó hacia él y le preguntó:

—¿No quieres?

Ella también esperaba una respuesta. Yoshio respondió de inmediato:

—¡C-claro que sí! Es más, ¡cásate conmigo ya, por favor!

Tal vez sus palabras sonaron extrañas, porque Setsu volvió a reír con ganas y lo agarró de la mano con fuerza.

A partir de entonces, se convirtieron en marido y mujer. La luna creciente con forma de platillo había concedido el deseo de Yoshio.

Aquella Setsu se había ido de este mundo.

Había dejado atrás a Yoshio para irse al más allá.

*Pronto me tocará a mí*, pensó Yoshio mientras recogía las cenizas de Setsu en el crematorio. Sus padres y Setsu habían muerto, ya solo quedaba él. La muerte les llega a todos, así es el ciclo de la vida.

No se equivocaba; el siguiente en marcharse sería él. Lo aquejó la misma enfermedad que a su mujer y no le quedaba mucho tiempo de vida. Le habían dicho que era demasiado tarde para el tratamiento. Hasta en eso había coincidido con ella.

Él deseaba morir en su hogar, pero no quería ser egoísta y que alguien tuviera que encargarse de su cadáver descompuesto.

—Tampoco es tan mala idea morir en el hospital —murmuró para sus adentros, revelando sus intenciones.

Setsu y sus padres también exhalaron el último aliento en ese hospital, y él había nacido allí.

—Es casi como estar en casa…

Por eso decidió volver al hospital y esperar con tranquilidad a que su vida se apagara.

Sabiendo que jamás volvería a su casa, decidió vender el terreno y la huerta, y donar el dinero a un templo budista. También había dejado instrucciones para después de su muerte. Quería que sus cenizas se colocaran junto a las urnas funerarias de Setsu y sus padres.

*No tengo remordimientos.*

Deseaba poder decir eso, pero había algo que no se podía quitar de la cabeza. Era sobre Setsu. Había algo que necesitaba preguntarle como fuera.

Yoshio suspiró y volvió al presente. A veces se perdía en sus pensamientos, quizá debido a la medicación. Cada vez pasaba más tiempo inmerso en los recuerdos. Se olvidó hasta de que tenía invitados y se puso a pensar en Setsu.

Kai estaba a su lado, de pie, y el arroz con cacahuetes se había enfriado. Ya no emanaba vapor.

El arroz con cacahuetes de temporada estaba delicioso incluso frío, pero Yoshio seguía sin ganas de comer. La noche avanzaba. No había razón para retener allí a los dos jóvenes.

—Siento mucho lo de esta noche —volvió a disculparse Yoshio.

Pensó que ya era hora de que se fueran.

Pero la noche no acabó ahí. Se acercaban unos pasos. Eran ligeros, como los de una mujer. Por un instante creyó que había aparecido Setsu, pero estaba equivocado, por supuesto.

Era Kotoko, la muchacha que había venido junto a Kai. Sostenía una bandeja con una cacerola de barro. El vapor que exhalaba se elevaba oscilante sobre la bandeja. Parecía que había cocinado otro plato.

Yoshio no era el único sorprendido.

—¿Qué es lo que trae? —preguntó Kai.

—Me he tomado la libertad de prepararle otro plato que se traga mejor. No puede quedarse sin probar bocado…

A pesar de decirles que no podía comer, querían que comiera a la fuerza. Yoshio se sintió incómodo. No tenía intención de comer nada.

—Ya os he dicho que…

Se detuvo de repente al oler aquel aroma. A su nariz llegó un olor ácido y sabroso.

—¿E-eso qué es?

Al oír su pregunta, la expresión de Kotoko se volvió pesarosa.

—Gachas de arroz con ciruelas encurtidas —respondió ella, y agachó la cabeza—. Discúlpeme… No debería haber tomado las ciruelas sin su permiso.

Las ciruelas encurtidas con las que Kotoko había preparado el plato eran un recuerdo especial.

«¡Las ciruelas encurtidas son muy buenas para la salud!».

Aquello era algo que Setsu repetía a menudo. «Una ciruela al día mantiene al doctor en la lejanía» es un antiguo dicho popular. Solo con ver una ciruela encurtida hace que aumente la secreción de saliva, y se dice que esta bloquea los carcinógenos.

«Hay que comerlas todos los días».

Setsu estaba convencida de sus beneficios.

Las ciruelas encurtidas que había usado Kotoko las había preparado Setsu mientras aún vivía. Las recogió del ciruelo que tenían en el jardín y las encurtió. Eran pálidas y estaban secas porque solo las maceró en sal; así podían conservarse a temperatura ambiente sin que se pudrieran. Incluso se venden ciruelas encurtidas elaboradas hace veinte años.

Setsu usaba esas ciruelas para cocinar varios platos que Yoshio tenía grabados en la memoria.

Ciruelas con virutas de bonito curado.

Arroz con pescaditos desecados y ciruelas.

Rollitos de cerdo con hojas de *shisho* y ciruelas.

Todos ellos estaban deliciosos. Setsu era buena cocinera y, en ocasiones, también preparaba unos platos al estilo occidental que le encantaban a Yoshio.

Espaguetis con atún, *shisho* y ciruelas.

Paninis con queso y ciruelas.

Incluso una vez trituró las ciruelas, las coció a fuego lento en sake y azúcar, y untó la mezcla resultante en pan tostado.

—¡Esta mermelada está para chuparse los dedos! —exclamó Yoshio.

Setsu soltó una risita.

—No es mermelada, es como una pasta. Creo que se comía antiguamente.

Se dice que existe desde el periodo Edo. Yoshio se quedó impresionado y Setsu se echó a reír.

Comer es vivir.

Vivir es comer.

Aquellas ciruelas encerraban un sinfín de recuerdos. Las gachas de arroz con ciruelas encurtidas también era un plato que preparaba Setsu. Yoshio se resfriaba con facilidad en invierno y a menudo tenía que guardar cama. Ella le preparaba esas gachas en aquellos momentos.

—Come y te pondrás bueno.

Incluso sin apetito, lo único que podía comer eran las gachas de Setsu. Y, ciertamente, se recuperaba del resfriado.

—Voy a servirle un poco —dijo Kai.

Había permanecido callado hasta entonces, pero tomó la cacerola de barro y levantó la tapa.

El vapor se elevaba y el olor ácido de las ciruelas encurtidas se intensificó; este llegó a la nariz de Yoshio junto al olor dulzón de las gachas. La boca seca se le llenó de saliva y su garganta hizo ruido al tragar.

—Aquí tiene.

Kai le sirvió las gachas. Las pulpas de las ciruelas estaban esparcidas por el arroz blanco níveo. Tenía buen aspecto.

—Ah... gracias... —musitó Yoshio, y aferró el cuenco caliente.

Como si la acidez de las ciruelas encurtidas lo atrajera, se llevó una cucharada de gachas a la boca.

Estaban calientes, pero no al punto de quemarse. Era una calidez agradable. Su boca se templó.

Las gachas eran tan suaves que hasta Yoshio podía comerlas. Con cada mordisco, la acidez de las ciruelas y el dulzor del arroz se extendían por su boca.

Pero el cuenco de Yoshio no era el único. Al mirar a su lado, había otro cuenco con gachas colocado encima de un cojín. Supo que era para Setsu. Estaba tan ensimismado comiendo que no se había percatado de él, pero lo habrían preparado Kai y Kotoko.

La comida de los recuerdos.

Eso eran las gachas de arroz con ciruelas encurtidas. Yoshio se comió un cuenco entero. Estaban riquísimas. Estaba agradecido por haberlas podido comer.

—*Gracias…*

*¿Eh? Le pasa algo raro a mi voz, está como apagada.* Carraspeó al pensar que algo le pasaba a su garganta, pero incluso ese carraspeo sonó apagado. No sentía que tuviera que ver con su cuerpo.

Kai y Kotoko también habían desaparecido de su vista. Se preguntó a dónde habrían ido y dejó vagar la mirada, cuando notó algo aún más extraño: una neblina cubría el jardín y el pasillo de su casa. Era espesa y, de alguna manera, parecía ser una neblina matinal, aunque fuera de noche. Lo único que podía verse de entre toda la superficie cubierta de blanco era la luna y el ciruelo.

—*¿Qué está pasando?* —murmuró atónito, y oyó a un animal.

—*Miaaao.*

—*¿Una gaviota? No puede ser…*

La casa estaba lejos del mar y nunca había llegado una gaviota hasta allí.

Pero, si la había oído, debía de estar cerca. Al buscarla con la mirada, de pronto vio a un gato sentado en el jardín. Era un gatito atigrado blanco. Miró la cara de Yoshio y maulló:

—*¡Miao!*

Al fin reconoció su maullido, al igual que su aspecto y el patrón de su pelaje.

—*¿Mimi?*

El nombre del gato se derramó de su boca. Era un gato que cuidaba Setsu cuando vivía. Apareció una noche en pleno tifón. Un gato pequeñito, empapado por la fuerte lluvia, maullaba frente a la entrada.

«¡Pobrecito!».

Solo con una palabra pronunciada por Setsu, el gatito pasó a formar parte de la familia Kurata. Fue ella quien le puso el nombre de Mimi, que significa «orejas» en japonés, en honor a sus grandes orejas. Setsu lo cuidaba como si fuera un hijo o un nieto.

Sin embargo, la vida de los gatos es corta. En un abrir y cerrar de ojos se hizo mayor y murió medio año antes de que le diagnosticaran a Setsu su enfermedad.

Y ahora, Mimi había aparecido.

Pero ese no era el único milagro. Ocurrió algo increíble.

—*Querido…*

Se oyó una voz. Era una voz inolvidable. Además, provenía de donde estaba el otro cuenco de la comida de los recuerdos, justo al lado de Yoshio.

Miró a ese lado, sobresaltado.

Setsu estaba sentada con él, en el *engawa*.

Su esposa fallecida había aparecido.

Tenía el mismo aspecto que antes de ser hospitalizada. El cabello era canoso, pero su cara no estaba demacrada; de hecho, sus mejillas estaban un poco regordetas.

Yoshio estaba asombrado, pero aceptó lo que ocurría frente a sus ojos. Pensó que venía a por él, que le habían concedido su deseo de marcharse al otro mundo cuanto antes.

—*No es eso, hombre. No te precipites.* —Setsu negó con la cabeza. Parecía que le leía el pensamiento y que quisiera sacarlo de su error—. *No he venido a por ti, aún te queda vida por delante.*

—*Vaya...*

Yoshio dejó caer los hombros. Parecía que no iba a poder morir en su casa, después de todo.

Pero su decepción no duró mucho. Sabía que la vida no siempre sigue el camino que uno desea.

Era feliz solo con haber visto a Setsu, pero había algo que necesitaba decirle.

Quería estar con ella incluso en el más allá. Si existía una segunda vida, deseaba volver a casarse con ella. Eso era lo que iba a confesarle.

En realidad, era algo que le hubiera gustado decirle mientras aún vivía. Lo intentó varias veces en el hospital, pero al final no pudo. Había una razón por la que no fue capaz. Aunque en parte fue porque le daba vergüenza, había otra razón de peso.

No pudieron tener hijos por culpa de Yoshio. De pequeño tuvo una fiebre muy alta que lo dejó estéril, según le contó el médico.

Aunque él nunca se sintió solo por no tener hijos, puede que su esposa sí y deseara ser madre.

A Setsu le encantaban los niños. Cada vez que los veía en el parque o en el supermercado se dibujaba una sonrisa en su cara. A veces también se quedaba mirando folletos de ropa para niños. Sin embargo, Yoshio ni siquiera tuvo el valor de preguntarle sobre aquello.

Deseaba estar con ella en la próxima vida, pero se sentiría culpable si siguieran sin poder tener hijos. Le preocupaba que volviera a sentirse sola. Al final no pudo decirle nada por culpa de esos pensamientos asfixiantes.

Él amaba a Setsu. Como deseaba su felicidad, no podía expresarle su deseo. Pensaba que hubiera sido mejor no haberse conocido. Había noches en que se torturaba pensando que lo mejor para ella habría sido no proponerle matrimonio.

Con la mirada baja, Yoshio revivía esos sentimientos. Lo atormentaba que Setsu hubiera llevado una vida desdichada por su culpa. Estaba tan afligido que no podía ni alzar la cabeza. La noche ensombrece a la gente.

Le era imposible levantar la cabeza. La neblina parecía disiparse lentamente mientras se miraba los pies. Puede que Setsu, cansada de la actitud cobarde de su marido, quisiera regresar al otro mundo.

Entonces un gato maulló. Era la voz de Mimi.

—*Miaaao*.

Maulló como si intentara avisarle de algo. Como era un gato callejero, notaba con más facilidad la presencia de otras personas y maullaba de esa forma cuando alguien se aproximaba.

Yoshio sintió nostalgia al rememorar aquellos días, pero la tristeza no lo abandonaba. Mientras seguía con la cabeza gacha, una voz que no era la de Setsu ni la de Kotoko le habló:

—**Coma mientras esté caliente.**

Se irguió sobresaltado. Conocía esa voz. Estaba convencido de que era la voz de Nanami, la difunta madre de Kai.

La neblina volvió a espesarse. Oía su voz, pero a ella no la veía por ninguna parte. Aun así, sentía que Nanami estaba al otro lado de la neblina.

Mientras escudriñaba la neblina en su busca, oyó de nuevo la voz.

**—Va a enfriarse.**

Recordó algo en ese instante. Era un rumor sobre el restaurante Chibineko. Decían que con su comida a veces aparecían los difuntos, pero solo se quedaban durante un tiempo limitado.

Uno podía ver a sus seres queridos solo hasta que la comida de los recuerdos se enfriara. Cuando dejaba de emanar vapor, desaparecían.

El tiempo es oro y a todo le llega su final. La vida es efímera. No quería que su vida terminara dejando asuntos pendientes. Aunque existiese el más allá, podía acabar en un sitio distinto al de Setsu.

Pero sus dudas seguían sin desaparecer. Lo que más le preocupaba era su imposibilidad de tener hijos. Entonces volvió a oírse la voz de Nanami.

**—Puede que Setsu también lo esté esperando.**

¿Que Setsu lo esperaba?

¿Ella estaba esperando a que él le hablara?

No podía creerlo, pero quería creerlo. Miró con timidez la cara de Setsu, y ella le sonreía con dulzura. No expresaba disgusto, sino que parecía que lo esperaba pacientemente. Yoshio se decidió a hablarle:

*—Cásate conmigo también en la otra vida.*

Eso era lo que tanto deseaba decirle. Era la segunda vez que le proponía matrimonio. Si su primer amor había sido Setsu, su último amor también era su esposa. Siempre la amó. Incluso cuando ya no estaba, la seguía amando.

En el momento en que Yoshio pronunció aquellas palabras, se hizo el silencio. Ya no se oían las voces de Nanami ni de Mimi. El silencio era tan espeso como la neblina.

Pero ese silencio no tardaría en romperse. Setsu empezó a hablar:

—*¿Qué estás diciendo?*

Su voz sonaba tranquila, pero también parecía que lo estuviera reprendiendo.

—*Los lazos del matrimonio no terminan en esta vida. Por supuesto que seremos marido y mujer tanto en el más allá como en la otra vida.*

—*¿De verdad?*

—*¡Pues claro!* —Asintió Setsu y siguió hablando—. *Yo también tenía algo que decirte.*

»*He sido muy feliz contigo.*

»*Nunca dejé de reírme a tu lado.*

»*Siempre te estaré agradecida.*

»*Gracias por enamorarte de mí.*

»*Gracias por casarte conmigo.*

»*Gracias por volver a pedirme matrimonio.*

»*Yo también quiero estar contigo.*

»*Te quiero mucho, Yoshio.*

»*Solo tú puedes ser mi marido.*

Setsu pronunció su nombre con cariño.

Aceptó volver a casarse con él.

Dijo que quería estar a su lado.

Dijo que lo quería mucho.

Yoshio tenía los ojos anegados en lágrimas. Quería responderle, pero le faltaban las palabras. Solo pensaba en lo feliz que era, profundamente feliz. Lo mejor que le había pasado en la vida era haber conocido a Setsu, enamorarse de ella y casarse.

Las gachas de arroz se enfriaron. Setsu desapareció sin despedirse. Dejó allí sentado a Yoshio y partió hacia el más allá.

Pero él no estaba triste, porque sabía que seguirían estando casados aún después de morir. Las palabras de Setsu resonaban en sus oídos.

Se tocó las mejillas. Aunque había estado llorando, no estaban mojadas. La neblina matinal también se disipó en algún momento. Mimi ya no estaba en el jardín; tampoco oía ya la voz de Nanami. En su lugar, Kai y Kotoko estaban a su lado.

—Tome una taza de té caliente.

Kai le había preparado té verde tostado. Su aroma fragante flotaba junto al vapor. El tiempo seguía su curso como si no hubiese sucedido nada.

*¿Lo habré soñado?*, se preguntaba Yoshio mientras miraba la taza humeante. El cojín donde se había sentado ella no estaba hundido. No había dejado ningún signo de su presencia.

Mientras ladeaba la cabeza dudando, Kotoko le colocó una manta sobre los hombros y dijo con timidez:

—Para que no tome frío.

—Gracias.

Cuando se lo agradeció, volvió a oír su voz.

—*Qué bien que te cuiden unos muchachos tan atentos.*

Era la voz de Setsu; pero, por mucho que la buscara con la mirada, no estaba en ninguna parte. Justo cuando pensó que habían sido imaginaciones suyas, ella volvió a hablar:

—*Da igual que haya sido un sueño o tu imaginación, ¿no crees?*

Tenía razón. Era feliz solo con haber podido hablar con Setsu, aunque hubiera sido en un sueño o una alucinación. Con eso le bastaba para estar satisfecho.

Él también se marcharía dentro de poco. No sabía si tendría que esperar tres meses o medio año, pero ya no deseaba morir.

Si se encontraba con Setsu en el más allá, le hablaría sobre los días que había vivido él solo.

Acerca de hoy, mañana y pasado mañana.

Iba a grabar en su corazón los días que le quedaran y se los regalaría a su esposa. Setsu amaba la vida, por eso le encantaría escuchar lo que había pasado sin ella. Era su deber contárselo y deseaba hacerlo.

Yoshio era poco hablador. A veces se le trababa la lengua o no encontraba las palabras que quería decir. Pero Setsu lo escucharía. Les sobraría el tiempo en el más allá. Podrían charlar largo y tendido. Ya no le quedaba ningún asunto pendiente.

Todo esto también había sido gracias a la comida de los recuerdos, por obra de los dos jóvenes. Por eso, al final, Yoshio quiso agradecérselo a Kai y a Kotoko.

—¿Querríais llevaros las ciruelas encurtidas que hizo Setsu?

Deseaba que se las comieran ellos dos y, si era posible, que las utilizaran para los platos del restaurante Chibineko.

—Pero son importantes para usted… —dudó Kai.

Desde pequeño había sido una persona reservada y amable. Después de la desaparición de su padre ni siquiera fue a la universidad, para poder apoyar a su madre.

Cuando su madre fue hospitalizada, la visitó todos los días sin falta. Tuvo que ser una conmoción para él que ella falleciera, pero no tenía a nadie que lo consolara, y mucho menos era el deber de un anciano como Yoshio.

—Mañana regresaré al hospital y nunca más volveré a esta casa. Todo lo que deje aquí lo tirarán a la basura.

Ya había contratado a una empresa para demoler su casa y vender el terreno. Les había dicho que se deshicieran de todo lo que dejara atrás. No quería que quedara nada.

—¿No le gustaría llevárselas con usted al hospital? —dijo Kai.

Conocía las reglas de la unidad de cuidados paliativos por el ingreso de su madre.

Allí no pretendían curar la enfermedad, sino aliviar el dolor y el sufrimiento. A diferencia de los ingresos en una habitación común de hospital, eran más permisivos y, a menos que fuera perjudicial para la salud, era posible comer lo que uno quisiera. Si se lo pedía al doctor, puede que lo dejaran llevarse las ciruelas encurtidas.

Pero Yoshio no pretendía llevárselas consigo. Aunque volviera a comerlas, no haría que Setsu apareciese de nuevo.

—Prefiero que os las llevéis vosotros.

Sentía que a su esposa le gustaría más que se las diera a esos jóvenes.

—Entonces las aceptamos —dijo Kai, y Kotoko se apresuró a inclinar la cabeza en señal de agradecimiento.

—Os lo agradezco.

Yoshio se quedó aliviado al saber que dejaba las ciruelas encurtidas en buenas manos. Se sentía como si hubiera cumplido su último cometido.

—*¡Ay, siento tanta alegría como si mi hijo fuera a casarse!*

Al oír esas palabras, se imaginó la sonrisa de Setsu. Ella siempre estaba sonriendo, hasta el último instante.

Las personas tienen la capacidad de sonreír aun estando tristes. Tal vez poder sonreír por alguien más es lo que nos hace humanos.

—¡Gracias!

Yoshio agradeció todo lo que le ofreció la vida y, después, sonrió.

# RECETA ESPECIAL DEL

# RESTAURANTE CHIBINEKO

## Mermelada o pasta de
## ciruelas encurtidas

**Ingredientes:**

- Ocho ciruelas encurtidas
- Sake al gusto
- Azúcar al gusto

**Preparación:**

1. Deja las ciruelas en remojo toda la noche para desalarlas.
2. Retira el hueso de las ciruelas y córtalas con un cuchillo. Luego aplástalas sobre un tamiz usando una cuchara.
3. Echa el puré que hayas obtenido en un cazo y añade el sake y el azúcar. Caliéntalo todo junto sin dejar de remover para que no se pegue hasta que esté lista.

**Para tener en cuenta:**

Puedes añadir vinagre de arroz en lugar de sake, y cualquier otro endulzante en vez de azúcar. Si vas a usar vinagre de arroz, no olvides ajustar la cantidad de azúcar o endulzante al gusto.

# CHIBI Y LA *MAKANAI*

# CARNE DE RES DE KAZUSA

=◆=

Aunque sea una carne veteada, es conocida por tener una cantidad de grasa más baja que otras carnes de vacuno, lo que la hace fácil de comer. Como su punto de fusión es bajo, es posible disfrutar de la sensación de fundirse en la lengua.

Además, en la propia tienda de res de Kazusa que hay en la ciudad de Kimitsu, pueden adquirirse e incluso comer en el mismo sitio croquetas de carne, carne picada, filetes rusos, así como filetitos para hacer estofados, *nigiris* de carne a la plancha y bistecs.

Kai sostenía un cuaderno en sus manos.

En él había escritas recetas y notas sobre los clientes habituales del restaurante, como Kotoko y Yoshio. Pero no estaba escrito con la letra de Kai, sino con la de su madre. Empezó a escribirlo cuando abrió el Chibineko.

Se ponía a escribir en los descansos o después de cerrar, sentada en una mesa del local. Por muy cansada que estuviera, nunca dejaba de cumplir con esa rutina diaria.

Kai le decía que podía escribir después de descansar un rato, pero ella negaba con la cabeza.

«Se me puede olvidar algo importante».

Cuando le diagnosticaron su enfermedad, le confió el cuaderno a Kai.

«Aquí está escrito todo lo que necesitas saber del restaurante».

Lo escribió para su hijo, pensando en que algo podía sucederle a ella algún día.

Como estaba escrito con lujo de detalles, Kai pudo seguir con el negocio. Ahí aparecía todo lo relativo al restaurante Chibineko.

—Te dejo al cuidado del restaurante. No te preocupes, que pienso volver.

Eso le dijo su madre cuando iba a ser ingresada en el hospital por enésima vez. El cáncer había avanzado tanto que ya no era posible operarla, pero ella tenía una actitud relajada y hablaba de ir al hospital como quien va al supermercado del barrio.

—No tardaré —aseguró.

Pero Kai no pudo responderle. Iban a ingresarla en la unidad de cuidados paliativos y no recibiría tratamiento. El médico le había dicho que se mentalizara con que no fuera a pisar su casa nunca más.

Como su hijo no le decía nada, se dirigió al gatito.

—Y tú pórtate bien en mi ausencia, Chibi.

—¡Miau!

Hizo un gesto con la cabeza como si asintiera. Los gatos son animales misteriosos. Hay veces que parece que entendieran nuestro lenguaje.

Ella siguió hablando con el gatito.

—Cuida de Kai, ¿vale?

—Miau.

Maulló con seriedad, como si dijera «Déjamelo a mí». Su expresión era como la de un diestro guardián.

Por supuesto, no era posible que un gatito pudiera cuidar de una persona. Nanami lo diría para bromear, pero en realidad le preocupaba Kai. Él le había causado más quebraderos de cabeza que un niño normal.

Kai nació hacía veinticuatro años, un mes antes de lo previsto. No sabían si fue por esa razón, pero vino al mundo con un cuerpo muy débil. Incluso los médicos decían que era posible que no llegara a la adultez.

Sus padres hicieron todo lo que estuvo a su alcance para que creciera con buena salud. No solo iban a la consulta del médico con frecuencia y visitaban templos budistas y santuarios sintoístas rezando por él, también le pedían siempre el mismo deseo a la luna creciente.

«Ojalá que nuestro hijo se haga fuerte y esté sano».

Su deseo fue concedido y la salud de Kai fue mejorando. En algún momento incluso dejó de resfriarse y siguió creciendo hasta que se convirtió en adulto.

A cambio, su padre desapareció. Se fue al mar y no regresó jamás. Kai sentía que había intercambiado su buena salud con la vida de su padre.

Su madre abrió el Chibineko después de la desaparición del padre. Le puso ese nombre porque tenían un gato pequeño. Era un nombre inusual, pero fácil de recordar.

«Al principio pensé en llamarlo Umineko, pero era un nombre muy visto», dijo una vez Nanami. Era verdad que había muchos restaurantes cercanos de nombre Umineko, que significa «gaviota colinegra» en japonés, y podría dar lugar a confusiones.

Pero el gato que cuidaban en ese entonces murió cuando Kai estudiaba en secundaria. Era ya mayor y un día dejó de moverse de pronto.

Después de aquello estuvieron un tiempo sin gatos, pero medio año antes de que Nanami fuera hospitalizada, el segundo Chibi llegó a su hogar. Estaba abandonado en la playa y ella lo recogió.

«El restaurante no puede llamarse Chibineko si no tenemos un gato», dijo, mientras acariciaba la cabeza del Chibi recién llegado, que parecía feliz.

Ganaba lo suficiente en el restaurante como para poder mantener a un gatito, todo gracias a la extraña *kagezen* que preparaba: la comida de los recuerdos.

Aunque ella cocinaba para su marido, sus platos adquirieron fama como una manera de honrar a los difuntos. Y, a veces, ocurrían sucesos extraños cuando los comían.

Se revivían los recuerdos.

Después era posible hablar con los espíritus de los fallecidos a quienes se honraba.

A veces, también aparecían.

Pero solo eran rumores. Ni Nanami ni Kai podían ver a los muertos. Tampoco oían sus voces. Cuando Kai preparaba la comida esperando ver a sus padres, no aparecía ninguno.

Con la muerte de su madre no le quedaba nadie a quien esperar. Hacía tiempo que se había resignado con su padre.

Decidió marcharse del pueblo.

Iba a irse de viaje con Chibi.

Esperaría a que terminasen los cuarenta y nueve días de luto que marca la tradición budista para partir. De este modo, después del funeral de su madre, borró las palabras que estaban escritas en la pizarra de la entrada.

## Restaurante Chibineko

### Hacemos la comida de los recuerdos

Tras vacilar un instante, también borró el dibujo del gatito. Dejó la pizarra limpia y vacía.

Su madre había hecho las letras y el dibujo hacía tiempo. Mientras se iban borrando, Kai los repasaba con la tiza. Al final, él lo había rehecho todo.

Aunque la pizarra estaba llena de recuerdos, no la necesitaba si iba a cerrar el negocio. Iba a deshacerse de ella y también del local.

Cuando colgó el cartel de «CERRADO» en la puerta, se quedó sin nada que hacer. No le gustaba demasiado ver la televisión ni navegar en internet; tampoco tenía amigos a los que quisiera ver en un momento así. Aunque sí había una chica, pero no era amiga suya, sino una clienta, y ya se había despedido de ella.

Estaba ocioso y podía dormir cuanto quisiera, pero se despertó antes del amanecer; era a lo que estaba acostumbrado cuando abría el restaurante.

El Chibineko que regentaba su madre no cerraba por la mañana, sino que abría hasta la noche. Kai fue quien decidió cambiar el horario porque era por la tarde cuando iba a verla al hospital, así que solo servía comida por la mañana. Quería estar con ella todo el tiempo que fuera posible.

Al principio pensó en abrir solo por la noche, pero tuvo en cuenta lo mucho que su madre valoraba la primera comida del día.

«Me gustan mucho los desayunos porque se toman al empezar el día. Quisiera animar a la gente a iniciar una nueva vida», era algo que solía decir su madre.

Cerca de allí había una siderúrgica y los empleados con turno de noche que salían de trabajar por la mañana temprano necesitaban un desayuno contundente que Kai les ofrecía.

Pero todo aquello se había terminado. Por mucho que la esperase, su madre no regresaría. Se había acabado el tiempo a su lado.

—Ya es la hora de comer… —murmuró Kai esa mañana.

No se refería a él, sino al gato.

Chibi dormía en la habitación de Nanami, rodeado de los recuerdos que había dejado y que aún olían a ella, lo que parecía relajarlo. A veces se acurrucaba sobre las mantas. Se dice que cuando un gato se acuesta sobre mantas o cojines, significa que añora a su madre. Tal vez pensaba que la madre de Kai también era la suya.

Pero no se quedaba en esa habitación todo el día. Por la mañana, se levantaba e iba al restaurante para que le echaran de comer, una costumbre que tenía desde que había llegado a la casa. Se levantaba antes que Kai.

Sumido en sus pensamientos, Kai perdió la noción del tiempo y el reloj ya marcaba las ocho de la mañana pasadas. Chibi estaría hambriento.

Se levantó y entró al restaurante. Las persianas estaban bajadas, por lo que estaba oscuro. Solo se oía el tictac del reloj de abuelo.

*Qué raro*, pensó. No notaba la presencia de Chibi. Lo normal era que se acercara a Kai al oírlo entrar y se frotara contra sus piernas, pero no oyó ni un solo maullido.

Encendió la luz, pero no lo encontró. No estaba al lado del reloj de abuelo ni bajo ninguna mesa.

—Chibi.

Aunque lo llamara, todo permanecía en silencio. No estaba en el restaurante. Lo buscó por toda la casa, incluida la habitación de su madre, pero no lo encontró.

¿Se habría escapado?

Parecía que salía por algún hueco adecuado a su tamaño que hubiera en la casa. Tenía la mala costumbre de escaparse siempre que encontraba la oportunidad.

Como no se alejaba de la pizarra junto a la puerta, lo dejaba corretear con libertad. Hasta ahora no había tenido que preocuparse por que lo atropellara un coche, pero no podría dejarlo salir más cuando se fueran de esa casa.

Kai volvió al restaurante y abrió la puerta. Ya era de día en aquel pueblo costero. Lo cubría el radiante cielo azul, y la brisa soplaba limpia. Era el mismo paisaje de siempre.

Pero faltaba Chibi. Allí solo se erguía la pizarra con la tiza borrada, sin rastro del gatito.

¿A dónde habría ido?

Era muy curioso. Tal vez vio alguna gaviota y salió corriendo detrás de ella para atraparla. Kai se arrepentía de haberlo dejado a su aire. Su padre había desaparecido, su madre estaba muerta y ahora Chibi se había ido. Sentía que se adentraba en la soledad absoluta.

Dominado por la angustia, echó a correr sintiendo que no volvería a ver a Chibi. Temía que se hubiera ido con su madre.

—¡Chibi!

Lo llamó a voz en grito, mientras corría por el caminito de caracolas.

Entonces, alguien le respondió:

—¡Miaaau!

Se oía a poca distancia. Se detuvo para aguzar el oído y oyó unos pasos. Eran de una persona que se acercaba.

—¡Mia!

El maullido de Chibi se aproximaba. Pudo verlos al fin. Kotoko apareció frente a él llevando a Chibi en brazos.

—Estoy aquí de nuevo…

—¿Por qué…? —preguntó él, confundido.

No se esperaba su visita después de haberle dicho que cerraría el restaurante.

—He venido a prepararle el desayuno.

Esa fue la respuesta de Kotoko. Siguió hablando, mirando fijamente a Kai.

—¿Me permite que le prepare de comer?

*Parece que le estuviera pidiendo matrimonio.* Se ruborizó al pensarlo. Había creado una situación embarazosa y se arrepentía de sus palabras, pero ahora no podía retractarse. Kotoko se había armado de valor para volver allí.

No había regresado al Chibineko desde que preparara el arroz con cacahuetes, pero, a decir verdad, el día anterior estuvo en el pueblo. No fue para ver a Kai, sino para visitar a Yoshio Kurata, que seguía ingresado en la unidad de cuidados paliativos.

Se lo encontró comiendo hielo raspado con sirope. Se permite que los pacientes lo tomen porque se derrite en la boca y así pueden hidratarse sin riesgo de atragantarse.

Yoshio charlaba con Kotoko mientras se llevaba a la boca cucharadas lentas de hielo raspado aderezado con sirope de fresa. También le habló de Kai.

—Cuando pierdes a un ser querido, te replanteas muchas cosas. —Como Yoshio era un cliente habitual del restaurante, se preocupaba por él—. Creo que lo que más necesita ahora es tu apoyo.

Parecía que la había confundido con la novia de Kai.

Kotoko pensó en aclarar el malentendido, pero Yoshio no le prestaba atención. Siguió hablando, como en un soliloquio.

—Le debo mucho al Chibineko. Un día fui estando cerrado...

Fue cuando Setsu estaba hospitalizada. Se pasó por el restaurante fuera del horario de apertura al volver de visitarla.

—Vaya, ya han colgado el cartel de «CERRADO»... —murmuró.

Justo cuando se dio la vuelta para marcharse, oyó la campanilla de la puerta y salió Nanami, que se había percatado de su presencia.

—Puede pasar, no se preocupe —lo invitó, y Yoshio entró vacilante—. El problema es que solo nos queda esto para comer.

Le ofreció a modo de disculpa un plato de la comida que había preparado para la cena en familia.

—Estaba buenísimo… —musitó Yoshio en la cama del hospital.

La historia de Yoshio fue el motivo por el que Kotoko decidió cocinar para Kai y prepararle ese mismo plato.

No estaba segura de poder hacerlo bien, y tampoco quería meterse donde no la llamaban. Sabía que sus actos podían estar fuera de lugar.

Aun así, Kotoko deseaba cocinar para él. Quería devolverle el favor por haberla ayudado y sentía que debía animarlo ahora que era él quien sufría.

Kai le dio de comer a Chibi y sirvió té para beberlo junto a Kotoko. Ambos permanecieron en silencio.

Estuvieron un rato sentados y callados, hasta que Kotoko se levantó cuando Chibi se hizo un ovillo en la mecedora.

—Voy a comprar unas cosas.

Parecía que había estado esperando a la hora de apertura de las tiendas.

—¿Quiere que la acompañe? —propuso Kai.

—No, voy yo sola.

Y se marchó. Kotoko iba a prepararle el desayuno. Le apetecía estar solo, pero tenía más curiosidad por ver lo que iba a cocinar.

Con la comida que le preparó a Yoshio consiguió que evocara sus recuerdos. Kai no pudo ver nada, pero les contó que se reencontró con Setsu, su esposa fallecida, y habló con ella.

Si él comía lo que le preparara Kotoko, ¿podría ver a sus seres queridos?

¿Podría ver a su difunta madre?

Dicen que en el restaurante Chibineko se reviven los recuerdos compartidos con los seres queridos. Además, según los rumores, al comer la comida de los recuerdos era posible oír la voz de los muertos e incluso podían aparecer.

Siguió preparando *kagezen* a raíz de esos rumores para mantener la reputación del restaurante, pero él no creía que apareciesen espíritus y, además, tenía su propia explicación del fenómeno.

Creía que la comida de los recuerdos estimulaba la memoria y propiciaba las alucinaciones, si acaso. Le parecía sospechoso que las apariciones dijeran justo lo que los vivos necesitaban oír. Pensaba que podían ser ilusiones creadas por los vivos, no los verdaderos espíritus de los difuntos.

A pesar de todo, no lo veía como algo malo. Necesitaba ver a su madre y le daba igual que fuera en un sueño o en una alucinación. Quería hablar con ella una vez más antes de irse del pueblo.

—¿No estás de acuerdo?

Chibi, que estaba enroscado en la mecedora, le contestó bostezando, con la carita somnolienta.

—Mrrriau.

Parecía indiferente y Kai se ofendió.

—¿Dices que te da igual?

Mientras interrogaba al gatito, sonó la campanilla y la puerta del restaurante se abrió.

—¡Ya estoy de vuelta!

Kotoko había regresado.

Kai le enseñó la cocina del Chibineko.

—¿No le importa?

—Claro que no, ya no atiendo a clientes.

Al haber cerrado el negocio, era como si estuviera en la cocina de casa de Kai. Aún no habían cortado el gas, el agua ni la electricidad, así que se podía usar sin impedimentos.

—Perfecto, gracias.

Kotoko vaciló un instante antes de poner su bolso en una silla junto a la pared y entrar a la cocina. Ni Kai ni Chibi la siguieron.

El tiempo pasaba.

Kotoko salió después de media hora. Llevaba una olla de hierro y un hornillo. Parecía que tenía la intención de cocinar sobre la mesa. También traía puerro ya cortado y carne.

—He comprado carne de res de Kazusa —dijo Kotoko.

Es una marca de carne local. Como el punto de fusión de la grasa es bajo, la carne se derrite en la boca incluso sin cocinarla mucho y, aunque sea marmoleada, es ligera al comerla.

Se dice que la industria láctea de Japón tiene su origen en la prefectura de Chiba. Durante el período Edo, el octavo *shogun*, Tokugawa Yoshimune, importó vacas blancas de la India para criarlas en Mineokamaki (en la ciudad actual de Minamiboso) y empezaron a producir queso fresco, según la página web de la prefectura de Chiba.

Kotoko iba a cocinar esa carne de res de Kazusa. Al traer una olla de hierro, carne y puerro, Kai podía imaginarse qué tipo de plato iba a hacer, pero le preguntó para asegurarse.

—¿Qué va a preparar?

—*Sukiyaki*, el típico estofado de carne y verduras. —Era la respuesta que esperaba—. No tardaré mucho —añadió Kotoko, y empezó a cocinar.

Primero mezcló salsa de soja, sake, azúcar y agua en un cazo que puso en el hornillo a calentar para hacer el caldo. Luego puso a calentar la olla, derritió grasa de vacuno y frio el puerro cortado hasta que quedó dorado. Por último, añadió el caldo a la olla con la carne y el puerro y lo calentó todo junto para terminar el plato.

—Es *sukiyaki* al estilo de Kanto, ¿no?

Añadir el caldo ya hecho a la carne es como se hace en la región de Kanto, mientras que freír los filetitos e ir echándoles los ingredientes para hacer el caldo es al estilo de la región de Kansai. Kai pensaba que hacerlo al estilo de Kansai se parecía más a hacer carne a la parrilla que a un estofado.

—Sí. En mi casa lo hacemos al estilo de Kanto —respondió Kotoko.

En casa de Kai también lo hacían así.

Mientras charlaban, la olla borboteaba al hervir y el olor dulzón y sabroso de la mezcla del azúcar y de la salsa de soja junto al de la carne de res estofada se esparcía por el lugar.

Chibi miró a Kotoko, moviendo la nariz.

—Miaaa.

Era como si la estuviera avisando de que la comida ya estaba en su punto. Parecía que Kotoko pensaba lo mismo.

—Sí, ya está listo. ¡Gracias!

Entonces rompió un huevo en un plato y sacó algunos filetitos del estofado.

—¡Que aproveche!

—Gracias.

Kai tomó el plato y se quedó observando la carne. Aún estaba rojiza, pero la carne de res de Kazusa sabe mejor cuanto menos se cocine. Estaba en su punto, como había expresado Chibi.

Inclinó la cabeza en señal de agradecimiento y mojó un filetito en el huevo crudo antes de llevárselo a la boca. La carne de Kazusa era tan tierna que se derretía en la lengua y dejaba un regusto dulzón.

La salsa de soja con azúcar del caldo había impregnado la carne, y con el baño en la yema de huevo cruda se creaba una mezcla suave y jugosa que realzaba el sabor de la res.

Estaba delicioso. La cocción y el aderezo eran perfectos. Le pareció el mejor *sukiyaki* que había comido jamás. Se parecía mucho al que hacía su madre.

Pero algo fallaba.

No recordaba nada.

No era la comida de los recuerdos de Kai.

El *sukiyaki* era un plato popular en el Chibineko, pero no era algo que comiera en su casa. No le venía ningún recuerdo de su madre ni oía su voz.

—Lo siento, pero…

Estaba a punto de soltar los palillos mientras dejaba caer los hombros; pero aún era pronto para desanimarse.

—Ahora se lo preparo —respondió Kotoko, aunque Kai ya se estaba comiendo el *sukiyaki*.

Entonces le sirvió arroz blanco en un tazón y echó *sukiyaki* por encima con un cucharón. La carne y el puerro se habían terminado de cocer con el calor residual de la olla.

—Ya está listo su arroz con *sukiyaki* —anunció Kotoko, y le ofreció el tazón a Kai.

Él no pudo responder ni apartar la vista del tazón. Entretanto, rememoró algunos momentos con su madre.

La comida que se elabora para los empleados se llama *makanai* en japonés.

Aunque el Chibineko era un negocio familiar y no tenían a nadie contratado, Nanami preparaba comidas tipo *makanai* después de cerrar, como el arroz con *sukiyaki*.

El *sukiyaki* era un plato popular del restaurante. Había muchos clientes que lo pedían tanto para su comida de los recuerdos como para una comida cualquiera. Por eso, su madre siempre compraba ingredientes de sobra.

En ese entonces, cuando cerraba el restaurante, su costumbre era preparar un tazón de arroz con *sukiyaki* para cenar. Como cocinaba con los ingredientes sobrantes, no solía haber mucha carne en la olla.

Pero no solo servía un tazón para Kai y para ella, también para su esposo. Cenaban en familia sentados en una mesa para cuatro, con una *kagezen* ante ellos. Era un momento de tranquilidad después del duro día de trabajo.

Mientras Kai permanecía sumido en momentos lejanos, Kotoko le habló con timidez:

—Eh… aquí tiene…

Su semblante estaba tenso porque Kai no asía el tazón.

—Ah, lo siento. Estaba distraído —se disculpó con Kotoko y agarró el tazón. Estaba caliente y pesaba—. ¡Gracias!

Pescó un trozo de puerro con los palillos. Había absorbido la grasa de la carne y el caldo, y se había cocido hasta que se deshacía de lo blando que estaba. Cocinar el puerro en una cocción lenta permite que se evapore el exceso de agua y se vuelva más dulce. Parecía deshacerse incluso antes de metérselo en la boca.

Tragó saliva. No había tenido apetito desde que murió su madre, pero de repente sentía un hambre voraz. Ansiaba comer el puerro dulce y sabroso impregnado de la grasa de la carne.

Tenía pimienta de cayena molida para aliñarlo, pero decidió no echarle nada y comérselo tal cual. Cuando lo masticó, la boca se le llenó de su sabor. El trozo de puerro sabía a la carne y a la salsa. El sabor del estofado estaba concentrado en él.

Era un sabor nostálgico. Rememoró el triste momento en que su madre murió, como si el olor y el sabor lo invitaran a ello.

—Gracias por todo.

Se despidió del médico y la enfermera que la habían cuidado hasta el final. Estos bajaron la cabeza y salieron de la habitación. Los dejaron a solas.

Kai observaba el rostro de su madre. Al ver su expresión serena le parecía mentira que el cáncer se hubiera extendido por todo el cuerpo. No mostraba signos de dolor, era como si estuviese dormida. Le daba la impresión de que, si la llamaba, se despertaría.

Pero en lugar de llamarla, le tocó la mejilla. Ya estaba fría. Por supuesto, no abrió los ojos.

—Está muerta —murmuró.

Los momentos que pasaron juntos se repetían en su mente.

Un día, su madre, tumbada en la cama del hospital, le dio sus gafas.

—No las voy a poder usar en un tiempo, ¿me las podrías guardar?

A su madre le encantaba leer. Siguió leyendo ingresada en el hospital, pero llegó el momento en que tuvo que parar porque le costaba hasta levantarse de la cama. Dejó de leer y apenas podía comer, dependía del suero intravenoso.

Ella no se quejó ni una vez a pesar del sufrimiento. Incluso entonces, seguía bromeando.

—Y cuídame bien los libros, que me pondré a leerlos en cuanto vuelva a casa.

Kai sabía que las gafas se las había dado como recuerdo. Su madre estaba preparada para morir. Se enfrentaba al final de su vida en ese hospital. Cuando Kai pensaba en ello, se le saltaban las lágrimas, pero se obligó a responderle con alegría.

—¿Te parece bien que me ponga tus gafas hasta que regreses?

No tenía miopía, pero pensó en cambiarles los cristales. Quería sentir cerca a su madre.

—Vale, pero trátalas con cuidado.

Le respondió intentando reírse, pero habló con una voz tan baja y ronca que costaba entenderla. Puede que se debiera a la máscara de oxígeno que tenía puesta, pero hasta hablar le causaría dolor.

A pesar de presenciar la situación de su madre, en algún lugar de su corazón seguía creyendo en los milagros. Tenía la esperanza de que se recuperase. Creía que llegaría el día en que su madre volviera a su casa y pudieran vivir juntos como antes.

Sin embargo, no ocurrió ningún milagro; no pudo curarse. Su vida se acabó y regresó al restaurante Chibineko como un cuerpo mudo.

Chibi, que se había quedado en casa de guardián, miró el rostro inmóvil de su madre y maulló como si le estuviera hablando, pero, al no recibir respuesta, ladeó la cabeza, extrañado.

—Ha muerto.

Solo le respondió a Chibi, pero no pudo evitar que se le derramaran las lágrimas. La muerte de su madre, que hubiera abandonado este mundo, le oprimía el corazón.

No era el momento de llorar: tenía que preparar un funeral. Le pidió a un monje budista que recitara sutras para su madre y llevó sus restos al crematorio.

Su intención era poder despedir a Nanami junto a Chibi, pero no aceptaban mascotas en el crematorio. Recogió en soledad las cenizas de su madre y las metió en una urna funeraria junto a las gafas que le había prestado. Volvió a ponerles los cristales por los que veía ella.

Puso las manos sobre la urna y rezó.

«Ojalá estés bien allí donde estés».

«Espero que puedas leer todos los libros que quieras».

«Deseo que puedas llegar al más allá sin problemas».

No creía en la vida después de la muerte, pero rezó por la felicidad de su madre. Deseó que ella pudiera leer muchos libros en aquel mundo sin enfermedades.

Kai se acabó el tazón de arroz con *sukiyaki*. La carne estaba riquísima, pero el sabor del arroz después de absorber el caldo era una delicia.

—Estaba muy bueno.

Dejó el tazón y los palillos sobre la mesa. Había terminado de comer. Sin darse cuenta, Kotoko había colocado otro tazón con comida de los recuerdos para su madre al otro lado de la mesa, pero ya se estaba enfriando y el vapor iba desapareciendo.

Había recordado vívidamente a su madre al comer, pero ella no había aparecido ni le había hablado. Al parecer, los milagros no eran para él. Kai relajó los hombros.

Kotoko lo miraba con una expresión interrogante. Justo cuando iba a decirle que no había ocurrido nada, Chibi maulló.

—¡Miaaau!

Su maullido sonó como si estuviera hablando con alguien, pero también podía interpretarse como si estuviera pidiendo atención. Lo miró y vio que iba hacia un rincón del restaurante, cerca de donde estaba el bolso de Kotoko. Se subió a la silla, acercó su nariz al bolso y volvió a maullar.

—*¡Miaaau!*

Era el mismo maullido de antes, pero sonaba apagado. Se preguntó si se habría resfriado y se dirigió a Chibi, preocupado.

—*¿Qué te pasa?*

Para su sorpresa, su voz también sonaba apagada; pero eso no era lo único extraño. El bolso de Kotoko comenzó a emitir una luz deslumbrante. En un abrir y cerrar de ojos, la luz se expandió y envolvió a Kai por completo.

Era como si estuviera dentro de la luz cuyo fulgor parecía iluminar el mundo entero.

Aun así, podía ver la escena ante él.

La neblina cubría todo el restaurante.

—*¿Qué está pasando aquí...?*

Se dirigía a Kotoko, pero ella había desaparecido. Estaba con él hasta hacía unos segundos, pero se había esfumado.

Entonces se oyó el sonido de la puerta del Chibineko abriéndose.

El tintineo de la campanilla.

Alguien había entrado al restaurante.

No veía bien por culpa de la luz deslumbrante y de la neblina, pero era una silueta de mujer.

Cuando pensó que era imposible que fuera ella, Chibi maulló con voz melosa y fue hacia la puerta a recibirla.

Al fin pudo ver con claridad la cara de la mujer que había entrado. Llevaba puestas las gafas que él había tenido hasta hacía poco.

—*Mamá...* —dijo Kai.

Su difunta madre había regresado.

—*Ya estoy de vuelta.*

Chibi corrió a sus pies y frotó su cuerpo contra ellos, tratando de marcar con su olor el de su madre, ese que tanto le gustaba.

Nanami se dirigió a Chibi:

—*Parece que has sido un buen chico.*

—*¡Miau!* —respondió él con orgullo, como si estuviera seguro de que se había portado bien.

Nanami le acarició la cabeza y el gatito se fue a su mecedora, satisfecho.

Ella se sentó a la mesa, delante de Kai. Mientras observaba cómo se elevaba el tenue vapor, preguntó:

—*¿Querías hablar conmigo?*

—*Sí...*

Kai pensaba en que los rumores sobre la comida de los recuerdos eran ciertos. En ese caso, no era el momento para estar distraído. Las personas que regresan a este mundo solo pueden quedarse hasta que la comida esté fría, y el arroz con *sukiyaki* comenzaba a enfriarse.

Kai pudo comunicarle a su madre lo que necesitaba decirle, sin titubear.

—*He decidido cerrar el Chibineko.*

—*Te vas del pueblo, ¿no es así?*

Su madre sabía lo que sentía Kai, y que planeaba irse de viaje con Chibi.

El restaurante era importante para su madre. Le daba pena tener que cerrarlo. Kai bajó la cabeza.

—*Lo siento.*

Pero ella no estaba enojada.

—*No tienes que pedirme disculpas, lo único que te pido es que te cuides* —dijo con voz dulce, igual que cuando estaba viva.

Cuando Kai enfermaba de pequeño, ella pasaba las noches en vela a su lado, cuidándolo con esmero. Una vez incluso lo llevó a cuestas al médico.

Al recordar el calor de la espalda de su madre, Kai estuvo a punto de llorar. Su madre lo había cuidado tanto, pero él no había hecho nada por ella.

Al menos quería intentar no llorar delante de ella.

Si los hijos lloran, los padres no pueden descansar tranquilos en el más allá.

No quería preocupar a su madre.

Mientras contenía las lágrimas, ella le habló:

—*Puedes llorar, no pasa nada. Todo el mundo necesita un lugar donde llorar* —dijo con voz afectuosa, y continuó—: *Si te marchas del pueblo y te ocurre algo triste en cualquier lugar al que vayas, si la vida se pone difícil, puedes volver a tu casa del pueblo y llorar cuanto necesites.*

»*No te olvides de que aquí fue donde naciste.*

»*Donde viviste con tu padre y con tu madre.*

»*Aunque cierres el restaurante, este sigue siendo tu hogar.*

»*Y es un lugar donde puedes llorar.*

—*Mamá...*

—*¿Sí?*

Kai no pudo responderle, tan solo se limitaba a llorar. La mano de su madre le acariciaba la cabeza gacha.

Entonces se sintió más tranquilo. Se calmó como cuando era pequeño. Su madre se levantó, como si hubiera estado esperando a que se sosegara.

—*Debo irme ya.*

Miró la mesa y se dio cuenta de que el vapor había desaparecido del arroz con *sukiyaki*. Los espíritus solo pueden quedarse en este mundo hasta que la comida de los recuerdos se enfríe. Había llegado el momento de volver a su mundo.

Sabía que tarde o temprano tendrían que separarse, pero se negaba a despedirse de ella. No quería volver a quedarse solo, con Chibi como única compañía.

—*¡No te vayas!* —le rogó.

—*Sabes que no puedo quedarme* —respondió ella con semblante triste, como si lamentara tener que marcharse, y dirigió la mirada hacia la puerta del restaurante—. *Ha venido a por mí* —murmuró.

—*¿Quién?*

Justo en el instante en que preguntó, sonó la campanilla. Era el sonido característico de la puerta del restaurante Chibineko abriéndose.

Al mirar, apareció un hombre envuelto en la neblina y la luz. Era alto y con un rostro semejante al de Kai.

Antes de que pudiera pensar, una palabra salió precipitadamente de su boca. Kai sabía quién era.

—*Papá*...

Habían pasado veinte años, pero sabía que era su padre. El hombre asintió. En efecto, era su padre.

Kai intentó correr hacia él, pero su cuerpo no le respondía. Se sentía como si estuviera paralizado y le era imposible ponerse de pie. No pudo acercarse a su padre.

—*Lo siento, hijo. Parece ser que solo puedes reencontrarte con uno de nosotros. Ni siquiera puede hablar contigo* —le explicó su madre.

Incluso haber aparecido por la puerta podía ser una infracción a las reglas, pero seguro que ella les había pedido a los dioses que, al menos, les dejaran verse.

Nanami caminó hacia donde estaba su esposo. Se detuvo junto a la puerta y miró el rostro de su hijo, al igual que hizo el padre. Había llegado el momento de decirse adiós.

Kai lo había aceptado. Además, tenía algo importante que decirles; ya tendría tiempo de llorar.

—*Papá, mamá, os doy las gracias. He sido muy feliz con vosotros.*

Les transmitió que aún era feliz.

Sus padres sonrieron.

—*Nosotros también, Kai. Ya nos veremos...*

Esas fueron las últimas palabras de su madre. Entonces sus padres se marcharon del Chibineko. La campanilla tintineó y la neblina matinal se disipó.

Kotoko había estado observando a Kai todo el tiempo. Después de que se terminara el arroz con *sukiyaki* que le preparó como comida de los recuerdos, se quedó inmóvil, como si estuviera congelado.

—Disculpe…

Aunque le hablara, no le respondía, era como si no oyera su voz.

Se preguntaba si habría aparecido su madre.

Kotoko aguzó la vista, pero no vio nada fuera de lo normal. Cuando su hermano apareció, surgió una neblina matinal que lo cubrió todo y el reloj de abuelo dejó de funcionar, pero no había ocurrido nada parecido.

Chibi permanecía dormido, enroscado en la mecedora, y a veces musitaba maullidos como si estuviera soñando.

Quizá, después de todo, no se había obrado ningún milagro.

Aun así, el comportamiento de Kai era extraño, pero Kotoko no tenía forma de saber qué le pasaba y se limitó a mirarlo en silencio.

El tiempo pasó despacio y el tazón de arroz con *sukiyaki* terminó enfriándose. Fue en ese momento cuando Kai, de pronto, murmuró algo, pero Kotoko no entendió lo que dijo. Los ojos de Kai miraron hacia la puerta y sus labios se movieron levemente.

Le pareció oír que decía «feliz», pero no estaba segura.

Tenía los ojos anegados en lágrimas, pero la expresión de su rostro mostraba serenidad y satisfacción.

Kotoko le preparó té verde y colocó una taza sobre la mesa.

—Tome una taza de té.

—Muchas gracias —respondió Kai de inmediato, con voz tranquila.

Observó de nuevo su rostro y las lágrimas habían desaparecido sin que se las secara. Tal vez Kotoko se había imaginado su llanto.

Kai bebió un sorbo de té, puso la taza en la mesa y dijo:

—Estaba buenísimo, gracias.

Eso significaba que ya había terminado todo. Aunque no sabía qué le había ocurrido a Kai, se había comido lo que le había preparado. Ya no había razón para quedarse allí. Aunque ella sí tenía una más. Se acordó de que quería darle algo.

Sacó una bolsa de papel de su bolso y se la dio a Kai.

—Verá... yo... —dijo ella, con un hilo de voz.

La bolsa de papel tenía una pegatina con un lazo y era evidente que se trataba de un regalo. Kai parecía sorprendido.

—¿Es para mí?

—Claro —asintió, mientras se sonrojaba.

Era la primera vez que le regalaba algo a un hombre que no perteneciera a su familia. Estaba tan avergonzada y nerviosa que le temblaban las manos.

—Espero que no le moleste —dijo con voz quebrada.

*¿Qué hago si no lo quiere? ¿O si no le gusta?*, pensó Kotoko cuando le entregó el regalo, y le dieron ganas de salir corriendo. Le aterraba escuchar su respuesta y no pudo mirarlo a la cara.

Pero Kai aceptó el regalo encantado.

—¡Muchas gracias! ¿Puedo abrirlo?

—S-sí...

Cuando ella asintió, Kai abrió la bolsa de papel y sacó lo que había dentro.

—¡Unas gafas!

Ese era el regalo. Eligió un diseño similar a las gafas que llevaba Kai antes.

Fue Yoshio quien le contó que las gafas eran de su madre. Regalarle unas gafas parecidas a las de su madre podía ser una grosería; así que, si no las quería, Kotoko iba a aceptarlo sin rechistar, pero Kai no se enfadó. En cambio, murmuró una frase enigmática.

—Así que por esto era lo de antes…

—¿El qué?

Kotoko le pidió que se lo explicara, pero él no quiso.

—Nada, hablaba conmigo mismo. —Negó con la cabeza levemente y se puso las gafas—. Son perfectas.

Kai sonrió. Le quedaban muy bien las gafas y esa sonrisa.

Kotoko respiró aliviada al verlo sonreír. Su tarea había terminado, solo le quedaba tomar el tren de regreso a casa.

Ella debía seguir con su vida y Kai con la suya, pero ese hecho tan obvio la hacía sentir muy sola.

Quería invitarlo a su obra de teatro, pero iba a marcharse a algún lugar que ella desconocía; tampoco se atrevía a invitarlo porque acababa de perder a su madre.

—Bueno, hasta pronto…

Cuando se despidió y estaba a punto de marcharse, el gatito maulló.

—Miaaau.

Se suponía que estaba profundamente dormido, pero se despertó en algún momento y miraba a Kai.

Quizás él entendía el lenguaje de los gatos, porque le respondió.

—Sí, es verdad.

Después se volvió hacia Kotoko y, con su tono cortés habitual, le dijo:

—Me da apuro tener que decirle esto después de que me preparara la comida e incluso me diera un regalo, pero ¿podría pedirle un favor?

—P-por supuesto… Le ayudaré en lo que pueda.

Al ver a Kotoko asentir, Chibi movió la cola de un lado a otro. No sabía muy bien por qué, pero parecía sentirse aliviado, al igual que Kai.

—Se lo agradezco mucho. Entonces…

Se levantó y se dirigió a la salida del restaurante. Chibi dobló la punta de su cola erguida formando una «U» y lo siguió.

Kotoko los observaba sin saber qué hacer, cuando Chibi se giró y le maulló.

—¡Miau!

Le pareció que le decía que se diese prisa, y caminó detrás de ellos.

Cuando llegó a la salida, Kai, como si fuera el botones de un hotel de cinco estrellas, le abrió la puerta.

La campanilla de la puerta tintineó al abrirse, dejando paso al aire del exterior. La brisa marina de noviembre era un tanto fría, pero dejaba una sensación reconfortante en las mejillas.

Ante sus ojos se extendía el hermoso paisaje de la costa de Uchibo. Podía ver la playa donde conoció a Kai. El caminito cubierto de caracolas blancas se prolongaba cubriendo la arena, y se oían el rumor de las olas y el canto de las gaviotas. El cielo era de un azul infinito.

Se preguntó si Kai solo quería mostrarle aquel panorama, pero su mirada se dirigía a otro lugar. Miraba al suelo, junto a la puerta.

Allí estaba la pizarra que usaban como cartel, pero esta vez no había nada escrito en ella. El dibujo del gato que se parecía a Chibi tampoco estaba.

Chibi se sentó delante de la pizarra. Mientras movía las orejas y la cola, maulló mirando a Kai, como instándolo a que se apresurara.

—¡Miau!

—Sí, ya voy.

Kai eligió una tiza de la bandeja de la pizarra y empezó a escribir en ella.

## RESTAURANTE CHIBINEKO

## HACEMOS LA COMIDA DE LOS RECUERDOS

Las palabras escritas con tiza blanca eran tan bellas que parecían nubes flotando en el cielo. No eran trazos pintados sobre letras ya escritas, sino letras genuinas. Esa debía ser la verdadera caligrafía de Kai.

—¿Miau?

Cuando Chibi maulló como si preguntara «¿Eso es todo?», Kai rio.

—Tranquilo, ahora lo escribo.

Deslizó la tiza y escribió otra frase.

## TENEMOS UN GATO EN EL LOCAL

La escribió con letras más grandes que antes. Parecía como si quisiera presumir de la presencia de su gato.

—¡Miaaa!

Chibi miró la frase y maulló como si diera el visto bueno.

Kai dejó escapar una risita y le dijo a Kotoko:

—He decidido no cerrar el restaurante.

—¿D-de verdad?

—Sí, voy a seguir con el negocio.

—¡Me alegro mucho!

Kotoko sintió un gran alivio desde lo más profundo de su corazón. Entonces Kai le hizo una pregunta:

—¿Vendrá de nuevo a comer?

—¡Claro que sí!

Su voz sonó tan animada que hasta ella se sorprendió, pero no podía contener la alegría. Iba a probar otra vez la comida de Kai y podría volver a verlo.

Mientras Kotoko disfrutaba de esa emoción, él adoptó un tono serio y habló sin rodeos.

—Sobre el favor que quería pedirle...

Kotoko casi había olvidado que estaban fuera porque tenía algo que pedirle.

—¿De qué se trata?

No se imaginaba qué podría pedirle y, cuando se lo preguntó tímidamente, él le ofreció la tiza y dijo:

—Dibuje a Chibi en la pizarra, por favor.

—¿¡Cómo!? ¡N-no sé dibujar!

*No tengo la habilidad para dibujar bien un gato. Y no vale con un simple garabato porque esto hace las veces de cartel. ¡Me saldrá fatal!*

Kotoko negó con la cabeza y rechazó la tiza, pero ellos no iban a ceder.

—¡Miaaau!

—Por favor...

Kotoko se negaba a dibujarlo por mucho que insistieran. Cuando pensó en escapar como fuera de allí, Kai le habló con seriedad:

—Quiero que lo dibujes tú, Kotoko.

La había tuteado. Además, la había llamado por su nombre de pila en vez de decirle «señorita Niki». A pesar de haber querido huir hacía tan solo unos instantes, sus mejillas se sonrojaron y agachó la cabeza para disimular.

Entonces Kai se disculpó con voz atropellada.

—¡L-lo siento!

—Miau…

Incluso Chibi maulló como pidiéndole disculpas. Cuando Kotoko los miró, Chibi se encorvó como si le pidiera perdón.

Kotoko soltó una carcajada. Cada vez que visitaba el restaurante, sonreía. Aunque a veces también llorara, al final se sentía alegre y optimista.

—¿Miau?

Chibi la miraba con curiosidad.

—¿Kotoko?

Volvió a llamarla por su nombre, con una voz cálida y reconfortante. Ella decidió intentar dibujar un gato, algo que nunca había hecho.

Iba a dejar de ser tan insegura. Solo se vive una vez, así que haría las cosas lo mejor que pudiera. Aunque se equivocara o fracasara, serían recuerdos valiosos.

—Dame la tiza.

Kotoko se la pidió por sí misma. Iba a comenzar una nueva etapa. Los días que la esperaban serían distintos a los de ayer.

—T-toma.

Kai le dio la tiza y Chibi la miró expectante, con las orejas bien rectas. Estaba muy gracioso con ese semblante.

—No os riais por muy mal que me salga.

Kotoko habló mientras reía, y deslizó la tiza por la pizarra.

# RECETA ESPECIAL DEL
# RESTAURANTE CHIBINEKO

## Arroz con sukiyaki o estofado de carne y verduras

**Ingredientes para cuatro personas:**

- 400 g de carne de vacuno en filetes finos
- Dos puerros
- 100 ml de salsa de soja, sake y agua
- Azúcar al gusto
- Grasa de vacuno al gusto
- Arroz para cuatro tazones

**Preparación:**

1. Mezcla salsa de soja, sake, azúcar y agua y vierte la mezcla en una cacerola pequeña. Ponla al fuego para hacer el caldo.
2. Calienta una olla de hierro, derrite grasa de vacuno y fríe los puerros cortados en diagonal hasta que estén ligeramente dorados.

3. Añade los filetitos y el caldo y caliéntalo todo para terminar el *sukiyaki*. El tiempo de cocción es a tu gusto, pero ten en cuenta que una cocción lenta hace que los puerros sepan más dulces.

4. Sirve el *sukiyaki* cuando esté terminado sobre los tazones con arroz blanco.

**Para tener en cuenta:**

La cantidad de salsa de soja, sake y agua se indica solo como referencia. Si prefieres un sabor más fuerte, puedes aumentar un poco la cantidad de salsa de soja y sake. Sin embargo, como se cuece a fuego lento, puede quedar más salado de la cuenta.